女人变有钱真简单

20 대 여자가 꼭 알아야 할 돈 관리법 41

[韩]李智莲 著　郑香兰 译

广西科学技术出版社

著作权合同登记号：桂图登字：20-2008-083

图书在版编目（CIP）数据

女人变有钱真简单 / （韩）李智莲著；郑香兰译. —南宁：广西科学技术出版社，2008．8
ISBN 978-7-80763-042-5
Ⅰ．女… Ⅱ．①李…②郑… Ⅲ．女性—家庭管理：财务管理 Ⅳ．TS976.15
中国版本图书馆 CIP 数据核字（2008）第 077888 号

NÜREN BIAN YOUQIAN ZHENJIANDAN
女人变有钱真简单

作　　者：[韩]李智莲	翻　　译：郑香兰
责任编辑：孟 辰 蒋 伟	封面设计：灵 点
美术编辑：张晴涵	责任校对：曾高兴
责任审读：梁式明	责任印制：韦文印

出版人：何 醒　　　　　　　　　　出版发行：广西科学技术出版社
社　址：广西南宁市东葛路 66 号　　邮政编码：530022
电　话：010-85893724（北京）　　0771-5845660（南宁）
传　真：010-85894367（北京）　　0771-5878485（南宁）
网　址：http://www.gxkjs.com　　　在线阅读：http://book.51fxb.com

经　销：全国各地新华书店
印　刷：中国农业出版社印刷厂
地　址：北京市通州区北苑南路 16 号　　邮政编码：101149
开　本：880mm×1050 mm　1/24
字　数：135 千字　印张：10
版　次：2008 年 8 月第 1 版
印　次：2008 年 8 月第 1 次印刷
书　号：ISBN 978-7-80763-042-5 / F·0
定　价：25.00 元

读者推荐

在工作上想得到认可的20岁女人们读完这本书之后，第一件事就是要做一个关于资产管理的计划。已过20岁渐渐走向30岁的女人们一定要知道的人生智慧就在这本书中。

三星集团江南地区经理——金道尊

作者透过这本书，让大家迅速地了解到使自己愉快，以及个人管理资金的方法。还在等待着白马王子的20岁的女人们和刚过30岁的女人们都得读一下，一定会对你们有益的。

三星月光证券——李爱兰

这本书可以让从来没做过定期储蓄的女人，也能做出长期或短期的未来规划。这本书是刚进入企业，或者在企业工作不久的新进职员必读的一本书。

韩国贸易协会人才经营经理——金无汉

股票、证券、不动产，现在人们的生活已经被各种各样的资产投资扰乱了。但是大多数20岁的女人们从来就没有存过钱，那就一定不要做不实际的投资，首先得把自己的月薪给管理好。

大众整形外科医院院长——吴徐宪

年纪差不多的小情侣们，钱包里常常都会没有钱。你说赚了有什么用！赚了一点点钱，这花那花的，不一会就一点都不剩下了。我的女朋友就是这样，领了薪水，前一周是富人，剩下的20天就是在穷人堆里混了。所以我决定一定要把这本书买给我的女朋友看。

医生——民锋基 (28岁)

想吃就吃，想买就买，一喝酒就潇洒地说"今天我买单"，到后来剩下的就只有啤酒肚和没几样有用的东西。如果我20岁的时候看了这本书的话，现在就不会为存款和银行卡上的钱担心了。

设计师代理——秋尹叔 (30岁)

Contents 目录

成为有钱人必须要了解的理财方法

Part 4

为了自己将来的幸福，
一定要知道的投资方法

Part
5

20 岁起女人一定要执行的理财计划

有钱是"理"出来的

　　物价涨翻天，油价涨破100美元，黄豆、玉米价格也都呈现大涨，不管是市井小民还是经济学者都感受到强大的通货膨胀压力。在通货膨胀越来越严重的时候，却又出现薪水不涨、定存利息不涨的悲哀，这种困境让人叫天天不应，叫地地不灵，只能靠自己来解决！

　　当下，想办法让自己微薄的薪水可以越滚越多变成一件非常重要的事，我也深思过，怎样才能成为富人呢？答案只有4个方法：1.拥有富爸爸富妈妈，但父母自己不能选择。2.嫁入豪门，但做个"伸手牌"，日子不见得好过。3.中彩票，却又概率太低。4.只有学会投资理财，让自己的家庭变成豪门比较实在。

　　常听很多人说"投资理财那么难，我怎么可能学会"，或者一句"我什么都不知道啦！"奉劝你从今天开始就把这些借口收起来吧，因为理财并不需要多繁杂的计算，只要会小学的算术，就能做好自己的

资产管理，而且如果你把这个责任往外推，就容易被人牵着鼻子走。

　　我第一次投资股票，可是不知道为什么竟然赔钱了，损失惨重到血本无归，这是投资市场常出现的悲歌。当你有了第一桶金，你最想做什么呢？"买一些金融商品，然后把钱存到银行里。"如果你是这样决定的话，接下来要考虑的便是要买什么商品，投资多少钱，为什么想买，这些你都想到了吗？像我们规划旅游行程一样，到达目的地通常有好几种方法，考虑到金钱、时间、安全等因素，你可能会有所考虑而搭乘客轮、汽车、火车、高铁、飞机。同样的，理财也是，你有多少金钱可以投资，你能够等待多久，你的风险承受度有多大，这些也只有投资者本人才会知道，想要改善自己的财务状况，你必须要先了解自己的现况。

　　商品本身没有对错，只有适不适合的问题，只有自己才了解需不需要这样的商品。我们在市场常常为了5元、10元与小贩争执不下，把同样斤斤计较的精神放在投资商品的选择上吧，选择正确的商品来投资将会帮助你更快达到财富自由的境界。

千万不要借钱来投资，从来没有人因为借贷而致富，稳定的薪水收入将是你投资的后盾，所以千万不要意气用事随便将工作辞掉。当然，在汲汲营营让小钱滚成大钱的同时，投资我们自己也是非常重要的一件事，提升我们自己的能力在职场上获得更好的职位，这是让我们投资加码最好的方法，也不容易被社会所遗弃。还有要正确地使用信用卡，不要盲目消费，先确立赚钱的目的，然后实现它。

投资越早开始越好，我常说，如果我早10年开始理财，我早就是千万富翁了，因为时间将是最好的致富工具。选择正确的商品，复利的效果将不容小觑。未来其实并不遥远，别为了眼前短暂的快乐而宁愿当个"月光族"，

如果想让梦想成真，趁年轻多存一点本金，为自己制订财务计划吧！

　　会为《女人变有钱真简单》这本书写序，是觉得作者的理念跟我非常相近。现在的民众理财知识普遍不及格，常为了追求赚钱的捷径而花了许多冤枉钱，没有什么比学会正确的投资理财观念更重要的了。不要盲目地只为了吃喝玩乐而赚钱，要多投资自己，认知自己的风险承受度。若你向往快乐的时光，想要有一份好的薪水，老了有钱能用，那就要因为这样的原因而加倍赚钱，能省就是赚。

　　诚挚地将这本书推荐给大家，希望大家都能得到经济上的独立，让自己生活的压力降低，人生更加光彩夺目。请从现在开始学习投资理财，提醒大家，能成为富翁的人，是真正拥有行动执行力的人！

中广流行网"理财生活通"节目主持人　夏韵芬

〈夏韵芬博客http://www.money365.com.tw〉

理财，从20岁就开始

自从写了《女人就是要有钱》这本书之后，我常在想，如果我在20岁的时候，就能像现在的我一样，已经知道各种理财方法，那么，现在的我，是不是就能够享有更多的"财富自由"呢？

想想看，如果我能先学会"赚钱"的快乐，再来享受"花钱"的快感，那么，现在的我应该可以买到更多我想要的衣服、化妆品和名牌包，而不会因为"预算不足"而购买心中的次级商品；如果我能在二十几岁时就体认到女人应该有效配置"财务独立"与"寻找白马王子"的时间成本，那么，30岁的我，人生可能有更多的光彩；如果我年轻的时候能够耐下性子，理性听进女性长辈的理财建议，那么，今天的我可能拥有更多投资"幸福"的本钱。

虽然，人生的任意挥洒，能够留下很多美丽的回忆，但是，千金难买早知道，如果20岁时的我就知道"利滚利、钱生钱"的道理，我

会适度地宠爱自己，而不是放任地追寻自我，虽然，我在成为"理财作家"之后，已经努力实践了不少的理财知识，但是，回想起以前的岁月，我还是会心疼曾经在我手边流走的那些"Cash"，因为，700块台币就能帮助一位贫穷国家的小朋友。如果，那些不经意流失的"Cash"能留到今天，甚至在当时就投资投报率有10%的商品，那么到今天的收益，可能也能帮助不少的小朋友平安长大，而我也能拥有更多的快乐！

　　如果，你现在正值"花样年华"，你比很多女性朋友拥有更多"投资幸福"的本钱，千万别让你手中的"Cash"就这么随便流失。理财，从20岁就开始，希望你能够马上进行自己的理财计划，为自己打造更多的"幸福"专案，祝福你！

平民理财教主　刘忆如

20岁起，女人要学会热爱自己

　　人们若要走上成功之路，大概有两种方法。第一种是把自己的身价提高，第二种就是要节省用钱让自己变成一个有钱人。

　　我在上高中的时候，虽然脸上全是痘痘，可是因为年轻，所以会觉得自己美丽。现在回想起来总会有一些对那时的怀念与不甘。

　　后来上大学的时候很可惜居然没有很多的美好回忆，而且还因为看不见未来，所以也没有把精力全都用在学习上，而让珍贵的时间慢慢地流逝掉。现在回想起来可真是后悔啊！如果我比别人抱着更大的理想，而且每一天都过着最有意义的生活，那可能会更快地迈向理想的未来。

　　我觉得人活到二十几岁，也只是学生时代的延续。想要的东西有很多，想学的东西也有很多，想要赚的钱也很多，但往往因为不知道方法而苦恼。可是人们20岁的生活会决定人生60年的方向。

　　你由于节省，以及有着良好的存钱习惯，那么从30岁开始就能慢

慢地走向成功之路；或者比起赚钱来说，更努力地把自己的身价给抬高，那么等待你的将会是美好的30岁。

人生就好像骑自行车一样。如果一直向前骑，不可能会从自行车上掉下来。问题的关键就是在于自觉性。让你走向成功或失败的关键就是看你选择"苦难的延续"，还是"克服苦难的延续"的问题了。

本书是为了对金钱、金融等问题还不太清楚的20岁女人而写的。我个人觉得空想"我要当一个有钱人"的人，比不知道怎样实践而苦恼的人多得多。我现在已经是一个过了20岁、30过半的中年人了。所以，这本书描写了节省用钱、储蓄、消费等问题的正确方法，金融商品的选择，如存钱、投资股票、债券、基金等，以及利用和获取这些商品的知识。因为只有知识和情报才是所有理财活动的前提。

还有，上班族和自由职业者的理财方法是不一样的。虽然年薪水平不一样，但是对于什么是理财的关键，个别金融商品的利润上涨多少，都应该是20岁的女人们最想得到的情报，而不仅仅是在乎改善人际关系的诀窍、选择新婚蜜月的旅行目的地而已。这样你就可以在准备婚礼时用到自己赚到的钱了。

我希望看过这本书的20岁的女人们能够得到经济上的独立，而使自己的30岁更加光彩夺目。有一位古巴的革命者说过这样的一句话："让我们都变成现实主义者，在心中留着不能实现的梦想，因为'不可能'是因'可能'而存在的。"

看清冷酷的现实之后，才能提高自己追求的目标，这就是正要走向人生新起点的20岁女性所必须有的精神。

李智莲

Part 1

从 20 岁起开始理财，
能改变女人的一生

66 在找到有能力的男人之前，先做一个有能力的女人吧！
在成为有能力的女人之后再找一个有能力的男人还不迟。不要
坐等灰姑娘的故事降临到自己身上，世界上这种童话般的故事
不可能发生，但等待落难公主降临的青蛙王子却不少哦！在找
到白马王子之前，先做一个优秀的女人吧！99

嗨，从现在开始，
比相信男人更相信钱吧！

想做灰姑娘还是落难公主？

要是真的想像公主那样地生活，

现在就把等待白马王子降临的幻想抛弃吧！

我有一个同学L，大学毕业后就嫁给了一个让人羡慕的贵公子。可是不久前，她拨了一通电话给我。没有接触过社会、过着全职太太生活的她，劈头第一句话就是："喂！有没有可以让我上班的地方啊！"

她的声音听起来真像炸弹爆炸了般，我马上开始胡思乱想。是她老公失业了？还是她背着老公玩股票全输了？……我控制住紧张的情绪问："怎么了啊？"

"就是……我昨天去百货公司的时候，发现一条戴起来很帅气的领带。虽然价钱很高，但是感觉很适合老公，所以我咬牙把它买了回家。今天早晨老公要去上班的时候，我一边替他打领带，一边炫耀新领带是名牌货的时候，你知道那臭小子竟然说我什么吗？'这是拿我赚的钱买来的吧'，世界上有这么可笑的事吗？"

L 当时气得差点晕倒，想到这儿，我忍不住大笑了起来。但坦白说，那个胆大的男人说的还蛮有道理。在家里天天只知道吃喝玩乐的老婆，拿着老公在外面辛辛苦苦赚的钱，买了价格昂贵的名牌，还跑到老公面前炫耀，这种女人确实不怎么招人喜欢。

＊ 不节制用钱的女人不可原谅

家庭主妇们遵守着服从男人和照顾孩子的传统，她们每天面对的是没完没了的家事。韩国的主妇们因为不能赚钱，在韩国被称为"没有经济能力的人"。不管她们如何有实力也是如此，从来没有社会经验的人很难找到工作，她们能做个百货公司或者超级市场的服务员已经算万幸了。

从几年前开始，电视剧里的主角都是以"灰姑娘"为蓝本编写的。长相帅气的公司继承人和普通女员工的相爱；能力满分的饭店经理和女清洁工的浪漫故事……这种电视剧受欢迎的原因是什么呢？就是"让人满足"。女人们在看电视的时候，常常把自己幻想成剧中的女主角，梦想拥有一段灰姑娘式的爱情，这样，她们自然会感到很满足。但从这种幻想中醒来吧！现在的男人们也只想寻找能帮助自己的落难公主。所以现在不是等待着白马王子或拥有宝马汽车那样有钱男人降临的时候。

在家里只知道吃和玩，花着老公辛辛苦苦赚来的钱，一点也不节省的女人是不可原谅的。少得可怜的工资应该好好地节省。千万不要奢望什么名牌！**现在的男人们虽然能理解不能赚钱的老婆，却不能原谅在外面乱花钱的老婆。**

＊ 灰姑娘V.S.落难公主

不久前我的一位顾客S不想上班，就想以生孩子为名把工作辞了。当她告诉老公时，本以为他会欣然同意，没想到老公却说："如果我觉得太累不想工作，只想在家里休息的话，你会怎么想？"S无言以对。

要是10年前听到这样的话，女人们一定会指着那男人说："这男人，怎么这么奇怪？"但是现在的男人们从第一次见面起，就会对那种想依赖自己生活的女人否定到底，他们理想中的妻子是有稳定工作和收入的女人。

男人的想法为什么会改变呢？因为现在韩国的男人挣钱养活一家人是件很辛苦的事。假设一个普通男人大学毕业后成功地找到了工作，工作三四年后他就到了结婚的年龄，凭着这几年积攒的那点钱能买到一套房子吗？所以最后只能伸手跟父母要钱。但是父母为了养活自己的孩子，供他们上学，早已经把所有的积蓄花得差不多了，甚至自己养老的钱都没有剩下多少。**因此现在的男人们想找一个可以一起赚钱买新房的老婆，过着各付各的生活。现实中的青蛙王子比白马王子多得多。**

正在看这本书的二十几岁的你是怎么想的呢？是想遇到一个好男人变成灰姑娘吗？还是没遇到好男人变成落难公主呢？要是你真正想当一个有钱人的话，就赶快把等待王子降临的幻想丢掉吧！**有钱人和有钱人结婚，博士和博士结婚，这才是人生的真相。**在家庭背景、学历和经济能力都不突出的情况下成天梦想着王子的事，是绝对不可能成真的。

在个人经济还没有独立的情况下，灰姑娘的梦是不可能实现的。**想要找到最好的男人，首先你得变成最好的女人。**一定要努力提升自己，节省，存钱，还要慢慢自我增值。**记住，知识能带来财富，自信心能带来好男人。**

想要当一个有钱的女人，
先从学习经济知识开始吧！

想靠投资赚钱吗？

了解经济运转的情况，阅读财经报纸，

并把重要的情报记录下来，

这是最好的方法。

假设你的积蓄有10亿韩元（约人民币700万元，1韩元约等于人民币0.007元），这时，你最想做什么呢？"有这些钱的话先去买一套房子，还有多余的钱就投资一点股票，好好孝敬一下父母，然后再把钱存到银行里。"像这样想的人有很多很多。

如果你也是这样想的，接下来要考虑的是，应该在哪里买房子？买多大的面积？买什么样的房子？万一买房子要贷款的话，银行利息是多少？到那个时候，制订什么样的还钱计划才能一下子就还清？万一几年之间银行利息上涨的话，又该怎么解决？

还有，买什么样的证券？投资多少钱？为什么想买？这些你都知道吗？要是买证券的话，先要知道相关企业的商业价值有多少，近来的利润是多少，这些你都能估算出来吗？事实上，这些都不是很简单的事，恐怕不是一天两天就能弄清楚的。

天上没有掉馅饼的好事，就算是偶然遇到了，不知该怎么花钱的人也有很多。也许你会为了赚更多的钱，反而让手上的钱飞走了。事实上，大部分中了彩票的人在过了不久后，又重新回到穷光蛋的生活。

* 多吸收经济知识，能让你避开风险

一个普通二十几岁的女人，要一夜暴富几乎是不可能的事。

若我们假想一下，一周后存折里有1 000万韩元（约人民币7万元），你会怎么安排这些钱呢？可能最先想到"最近哪个银行的利息最高？"1 000万韩元的利率要是4%，定存一年会有利息344 673韩元（约人民币2 412.71元。编者按：韩国利息需扣税15.4%，而在我国从2007年8月15日起，储蓄存款利息所得个人所得税的适用税率，简称"利息税"，已从20%减为5%）；6%的话一年就是521 794韩元（约人民币3 652.56元）。努力攒钱，1 000万韩元（约人民币7万元）

一年后的利息才52万韩元（约人民币3 640元）……这样算起来存钱其实很不划算。

购买股票的利润是比把钱存到银行要高很多。但在购买时，因为听到别人说某只股票一定会涨，于是贸然投资，最后不知怎么的，竟然失败了，损失惨重甚至血本无归。

想到这样的结果难道不会让人害怕吗？

所以为了进行投资，你必须先把经济运行的规律弄清楚：最近金融市场上新出来的商品是什么？这些商品有什么特别的优势？什么样的公司运作情况较好，股票能上涨？什么样的企业正在兴起？

这些都要弄清楚，才能靠投资赚到钱。

＊ 为了赚钱，
一定要养成看财经报纸的习惯

为了熟悉经济知识，最有效的方法就是养成每天看新闻和读报的习惯。把看电视剧的时间节省下来看新闻，并且每天看500韩元（约人民币3.5元）的报纸，可能你会觉得这种事太简单了，但做起来却并不简单，枯燥难懂的经济学用语可能会让你头痛，报纸上密密麻麻的字也会让你产生压迫感。

但毅力是让你成功地走上有钱人生活道路的秘诀。**为了投资股票，你要开始关心政府政策，要把读报的习惯坚持下去，这样会使你了解经济运行的规律**，如果连这些努力都不想付出，你是无法从股票里获得利润的。

看财经报纸最好利用坐地铁或者搭公交车的时间。上下班的时候坐地铁的人会有很多，你可能会想："这里拥挤得连呼吸都困难，怎么看报纸？坐着睡一会儿才是最舒服的！"可是只要比平常早出门20分钟，就可以避免严重的交通堵塞，还能在很宽敞的空间里看报纸呢！

刚翻开报纸时你可能不知道从什么地方开始看，怎么看；不知道它在说些什么，也一点兴趣都没有，这都是很正常的。此时，不妨幻想自己喜欢的男人在旁边深情地注视着你，或试着在陌生男人面前装成一个很神气的女人。

这样愉快的努力，只要坚持一周，你就能慢慢地感觉到经济就在你的身边，也能感觉到资讯真的能变成钱。这时你就不会觉得看财经报纸很闷了。如果这样坚持1年、2年……10年，你就能变成"经济通"了。

* 用笔记本和博客，
把重要资讯记下来！

一个月的报纸费大概是1.2万韩元（约人民币84元）。比想象中的贵？如果把桌子上的电脑打开，连上网络，五花八门的信息就会呈现出来，那为什么非得买报纸看呢，有必要吗？这就跟在家里看电视和去剧场看舞台剧感觉不同的道理是一样的，看报纸的时候会有"吸收"资讯的感觉，一打开报纸的瞬间，就是大脑开始接受信息的时候，那种心情和上网就是不一样。

从现在开始用魔法把你变成大企业董事长的秘书吧！你的主要工作就是，每天早晨读完经济类的报纸后把重要的资讯勾起来，然后再拿给董事长看。虽然头一次看的时候会很辛苦，很累人。但是长此以往日复一日坚持下来的话，你慢慢地就能判断什么是比较重要的新闻，而且会不知从什么时候开始就舍不得丢掉报纸了。

这个时候你可以去**买一个小笔记本把重要的事情给记下来。**若想要把笔记本做得很好看的话一定会觉得很有负担，所以**只需要把重要的内容给剪下来夹着，或者把特别重要的内容给记下来就行了。**读报纸的时候会感觉时间过得很快，飞一般地流逝，可是过了一会后还是会忘记一些重要的内容，所以一定要随时把重点记下来。

自己做一个个人记事本是不错的，但是利用电脑会更为方便。你只要去网络上申请一个个人博客，只为自己而设的。在上面写写个人日记，或是把重要的照片传上去也很好。把这些重要的事件、故事放在博客上，总有一天会有用得到的地方。当然也得把有关经济的情报写上去喔！

这可是不用花钱就能把自己的记录存放一辈子的事。这不是有意为了让别人看而做的，而是为了自己的一生而做。不管什么时候，在网络上一定能遇到关心自己的人，还能把自己的想法传递到世界各处。

"Only for myself!"这话多么精彩啊！让现代文明被活用到最大限度吧！要学会珍惜自己，要知道比自己勤奋的人在更高的地方望着你。

* 报纸及网络新闻都要看

报纸和网络新闻各有自己的长处。报纸不仅去哪都可以看，还能一眼把所有的内容都看完，又能快速地读到不一样的内容，这就是报纸的长处。可是比起网络新闻，早报和晚报出来的时间都比较晚，这是它的短处，还有就是它要收费。

跟报纸相比，上网看新闻不用收费，而且还可以每时每刻都得到最新的情报。可是，就是因为很迅速，所以让人们会怀疑事件的真实性，于是还得到好几个网站上去查找，更会由于只看想看的情报而忽略看别的内容。

我一般都使用"http://www.newsstand.co.kr"这个网站。这个网站里包含了各个地方的内容，还有女人关心的事，等等，都可以在网上找到，一目了然。上班的时候就看网上新闻，下班的时候就看晚报。要是看得头痛的话，也可以看看女人最爱的杂志或者漫画书。

只要会加减乘除，
就能学好投资理财

理财不需要数学好，
只需要知道基础的计算法和拥有投资的经验，
在这个游戏里女人能胜过男人。

　　我在学生时代，最讨厌的学科就是数学了。初中的时候成绩还马马虎虎，感觉很有意思，可是一到了高中之后，什么函数、微积分……到现在想起来都是一个头两个大。

　　据统计，小的时候女孩比男孩对数字更敏感，可是到了初中和高中以后，渐渐地男生的数学成绩比女生更好。不知道是不是这个原因，女人一看到数字就开始感到害怕。

　　其实投资是一门不需要依靠数学技巧的科目。只要会计算，只要好好聆听，没必要担心会学不好。**首尔市江南区的妇女们从事投资并有所成的原因就是好好跟随政府的政策和做好简单的计算。只要知道基础的计算法和拥有投资的经验，在这个游戏里女人就能胜过男人。**

* 物价飞涨，现在的1 000元变小了

最近我带着外甥女去附近的超市，只买了几个饼干和巧克力就被吓得直感叹，他们利用氮气把包装袋涨得大大的，其实里面的饼干没有几块，竟然要1 000韩元（约人民币7元），只拿了几块巧克力去结账，居然超过了1万韩元（约人民币70元）！

30岁都过了一半的我，在初中的时候拿着100韩元（约人民币0.7元），就可以在家附近的小商店里度过幸福的时光了。但现在1 000韩元（约人民币7元）的纸币几乎什么也买不到。

最近赚钱更困难了，物价一天一天地上涨，可是每个月薪水上涨的幅度却不是很高。要是不好好打起精神来赚更多的钱，而只是盲目消费的话，一辈子都不可能攒到钱的。

一个月努力工作赚的钱，说实话，真的是少得可怜。假设一次聚会都不去，而用赚的钱去买江南区（编者按：江南区的房价算是

首尔最贵的）的楼房，要存整整30年。要是真的以这30年赚买房钱为目标而努力工作的话，你能保障这30年的工作、生活都会一直很顺利吗？就算运气好，有那么好的工作和薪水，你能保证人生会一点风浪也没有吗？写这本书的我也在害怕未知的未来。

向往平安而安乐的空间，有一份好薪水的职业，老了之后可以生活富裕，因为这样的理由我们要加倍努力攒钱，而且攒的钱千万不要乱花在经济和投资以外的事情上。

从30年前开始，把1 000万韩元（约人民币7万元）以平均15%的利润存到银行的话，现在的钱大概会有多少呢？正确答案是8.754亿韩元（约人民币612.78万元）。你可能会觉得很多，可是30年前搭地铁才花费30韩元（约人民币0.21元）。如果拿现在首尔地铁的花费来比较的话，从以前的30韩元（约人民币0.21元）涨到了现在的1 000韩元（约人民币7元），那就是30年间翻了33倍。按照这样来算物价的话，30年前1 000万韩元（约人民币7万元）就相当于现在的3.3亿韩元（约人民币231万元）。地铁的票价是从以前的30韩元（约人民币0.21元）翻了33倍变成现在的1 000韩元（约人民币7元）啊！把1 000万韩元（约人民币7万元）存到银行里的话，以平均15%的利润，30年后就变成87.5倍的8.754亿韩元（约人民币612.78万元）了！

就算是一分两分地把钱存到银行里，也能一点一点地累积起来，利润开始慢慢地增加，这样的话可以慢慢地使你成为有钱人。即使是出身于贫穷的家庭，只要很刻苦地学习，毕业后找一个好的工作，努力地上班，节省并存钱的话，也可以买房子的，老了以后的退休金也不用担心。

但现在是什么情况呢？克服种种障碍，拼命赚钱，每个月从其中抠出100万韩元（约人民币7 000元）存到银行里，1年以后本金仅仅变成1 200万韩元（约人民币8.4万元）。韩国的平均物价上涨率大概很快就能达到5%。把钱存了1年，以年利率5%计算，利息就是33万韩元（约人民币2 310元）。再扣掉纳税的15.4%的话，真正得到的钱是27.918万韩元（约人民币1 954.26元）。总的来说1年内只多了5.082万韩元（约人民币407.4元），等于是白存了。（编者按：在中国举例，每个月存1 000元，把钱存1年，以整存整取定期存款年利率4.14%计算，利息是41.4元，扣税5%的话，真正得到的钱是39.33元。）

* 利息直直降，靠投资赚钱比较快

去交税金的时候可以看到银行宣传的共同基金等金融投资商

品。若你上前询问，银行职员会一丝不苟地为你介绍关于基金的投资收益和风险，因为听了银行职员的讲解而心动投资的人的确有很多，正在看这本书的读者可能也会有兴趣投资。

从2000年开始，利息降得非常快。我们随时都能听到100平方米的房子，现在价值都超过了10亿韩元（约人民币700万元）等信息；综合股价指数上看2 000点的话也随时都能听得到。

可能你会想，在韩国这样的社会里，只靠储蓄生活是很累的。**因为现在的社会已经从储蓄时代，转变成了投资时代。**所以你可能会觉得"别人赚这么多的钱，我也可以赚到"。

其实投资不动产或基金两种选择都很好，可是不动产和基金不像银行储蓄有本金的保障，有时还可能会有很大的损失，这就是所谓的投资风险。这意味着，**在没有正确理解投资之前，因为自己盲目投资所造成的损失，自己必须要承担后果。**

我不是那种因为对数字害怕，就会在投资方面疏忽的女人，在我经济独立后，并不是因为要投资股票和不动产才产生了存钱的想法，而是因为利息、汇率、纳税等经济环境的变化，意识到理财方法也要随之改变。因为知道了这个道理，我就明白自己现在应该怎样应对，需要准备什么来面对未来。

培养你的职场竞争力，
把自己的身价提高2倍

虽然把钱慢慢地存到银行很重要，

但为了微薄的薪水

而忽略提高自己的水平是得不偿失的。

如果读者们问"那你存了多少钱呢？"的话，我可能会很尴尬。因为现在的我也算不上是什么有钱人。但我努力地工作，努力地学习，努力地物色好的投资商品，我的未来一定会成功的，不久的我也会变成有钱人。

只是把目前的收入存起来然后进行理财，算不上是最好的理财方法。虽然快点赚钱对以后有好处，但随着自我成长，我们更需要慢慢地提升自己的潜能。

在现代社会，年轻女人升职之前拿到的钱少得可怜，却还要存下来，实在不是一件容易的事。而且，我们不可能说在这快乐的世界里不吃、不喝、不花钱，我们只有像蚂蚁那样慢慢地存钱，因为我们想做的事、想学的东西实在是太多了。

世界上有多少快乐就会有多少痛苦。现在，就连只发一点点薪水的公司，也对员工要求得非常苛刻。在这种竞争激烈的社会里，要是你没有什么特殊或专业技能的话，就只有慢慢地被这个社会淘汰掉了。

＊ 若是无法提高专业能力，这社会将遗弃你

我的高中同学J，大学毕业以后在银行里找了一份工作。她一点也没想过提升自己的能力，只知道埋头努力地工作，然后把赚到的钱存到银行里。工作闲暇，她从没有学习过英文，就连电脑上最基本的Power Point软件都不会使用。

就在她以为银行的这份工作可以干一辈子时，突然发生了一件大事，她工作的那家银行被美国一家很大的银行合并了。这可不是一件单纯的合并案，因为两家银行合并之后，就得把没有什么工作能力的人给解雇掉。所以每天一起吃饭一起找乐子的同事们，一夕

之间就变成了为生存而相互斗争的敌人。

像经理那样高的职位，已经让美国人给占据了，所以她们就连业务报告也得用英文来写。J为了写个报告不得不通宵熬夜，为了写自己不熟悉的报告，她连周末假期都泡汤了。

但是这么做能撑得了多久啊？英文又不是一天两天就能掌握的，而且在大众面前一次也没有发过言的人，怎么可能像电视剧里一样，一下子就很流利地发言呢？

J慢慢地开始害怕上班，最终因为无法战胜自己的恐惧而辞职了。理所当然J就被社会给淘汰掉了。

* 为了将来工作的发展，提升能力是必需的

突然辞职又找不到工作的J感叹："没有早点结婚可真后悔啊！"她把以前的积蓄一一拿了出来，却开始害怕生活了。可能你会认为，J在银行里工作那么长时间了，怎么会找不到工作呢？雇主却会想，与其聘用一个英文不好而且无能的人，还不如找一个没有什么经验但学历优秀的人来培训几个月，这样对公司而言，会更加有利。

如果 J 在把自己的工作当成铁饭碗的同时，还能努力地提升自己的能力，那么一定会在合并以后的银行里找到新的稳定的工作岗位。就算不在这个银行里上班，也可以跳槽到比这个银行更好的公司。

　　在这个竞争激烈的世界中，不仅要努力地储蓄，还得要努力地提升自己的能力。这的确不是一件容易的事，**可是生活在这个残酷的世界里，这也是没有办法的事。**无法避免就只能快乐地接受，不要盲目地只是为了吃喝玩乐而赚钱。

如果你不会赚大钱，
那至少要会存钱

从自己慢慢增加的储蓄里，

能了解到节省和存款带来的快乐。

梦想一定能实现的。

　　强调10遍也不够的重要理财方法之一就是"节省用钱和储蓄是年轻时的优秀习惯"。有很多人是三四十岁后才开始理财的。但只是努力地阅读理财相关书籍，你就能变成有钱人吗？这是绝对不可能的。

　　一旦养成了不好的习惯，以后想要改正过来都会觉得异常的艰难。像药物上瘾一般的消费习惯，要想改变它简直比刮自己的骨头还要痛苦。在这种痛苦来临之前，如果从20岁开始就养成节省用钱和储蓄的好习惯，好好地了解经济学原理，那么在不久的将来，你变成有钱人的梦想，是会实现的。

不管你有没有能力，大多数二十几岁的女人赚的钱都差不多，大部分家庭的生活状况也差不多。可是如果从现在开始节省用钱，以及提升自己的能力，那么20年后却会有很大的差别。

一个女人要找一个可以托付一生的男人。头脑好、有能力的男人是很不错。但就算什么条件都好，就是没有积蓄的话，还是会很苦恼的，怎样也得有最低限度的经济能力，这样幸福才会随之而来。**跟一个贫穷的男人结婚，就等于跟美好的未来说再见了，还不如自己过一生呢！**

* 节省和储蓄的习惯是宝贵的财产

一个平凡的二十几岁的女人如果结了婚，组成了一个家庭。我敢断定，这个家一定很难过上好日子的。你想一想，家里的开销越来越大，还有孩子们念书等问题，买房子的事就更不用说了。男人努力在赚钱，但往往花的钱比赚的还多，最后可能会连孩子们的学费都负担不起了。

在网络上花了很多时间浏览后买了低价商品，你可能会觉得很开心。但在买东西之前你有没有考虑清楚以下问题，这件物品是你必须要买的吗？价格是不是合理？买了以后能用多久？你一定要想清楚之后再购买，这才是明智之举。

　　你想成为有钱人，或是在工作上取得成功吗？一朝一夕是不可能梦想成真的。**一旦你渐渐地发现了节省和赚钱的快乐之后，梦想就一定会实现。如果养成了赚钱之后先存一些，只花一点点零用钱的习惯，那么你的人生已经有成功的担保了。**

不要因为枯燥而放弃上班

过了几年千篇一律的职业生活，不知道从什么时候开始感觉枯燥。每天都在同一时刻起床，坐着同样的交通工具上班，每天看到的人和所做的事也都是重复的，甚至还得工作到很晚才能回家。周末又忙着公司聚会，长此以往，就连一起看电影的人都没有了。

"累啊，烦啊"的想法让我们在职业生活中会产生干脆把工作给辞掉的想法，有时这样的想法一天会出现十几次。最后终于忍无可忍，跳槽到了别的公司。可是，以这种态度工作的人能成功吗？

年轻的时候什么样的工作都会找到你，因为你身价不高。可是习惯性地换工作最终只会让你失败。如果让你去聘用员工，你会聘请一个无法在公司里做得久的人吗？

当你在老了以后，还拿着频繁更换工作记录的履历表到处求职时，是不会有公司聘用你的。在颁发某些奖金时，比起能力高的你，公司会考虑找一个聪明而又认真工作的零经验新进职员，因为这对公司而言价值更高。

50%职业生活在5年以上的人已经走在成功的道路上了。可是到现在了，流着泪、流着血工作的你，能放弃一切，从零开始吗？如果只是因为职业生活很枯燥，想要换一个环境，那么就先找一个能让自己产生兴趣的事吧！

让自己离职的时候不要在别人的闲话中离开，而是在掌声中离开吧！要在目前工作的公司里把自己的身价抬到最高，告诉他们——我是为了自己的未来而离开的。

Part **2**

赚钱的女人
V.S.借钱的女人

66 二十几岁的女人是照亮国家未来的明灯。虽然结了婚以后，男人们是一家之主，女人们只是家庭主妇，但是做家事、送孩子上学的人，不是男人而是女人。所以二十几岁的女人若不好好工作，不仅会使未来的家庭出现经济问题，还会为国家带来负担。99

先体验赚钱的快乐，
再来花钱吧！

虽然花钱非常快乐，储蓄十分痛苦，

但若是不顾后果，疯狂购物，

那么这种人肯定不会有美好的未来。

有句话是这么说的："没有志气的人，连神都不会帮他。"

　　钱能使人产生两种相反的快乐。一种是花钱的快乐，另一种是赚钱的快乐。你是要选择花钱的快乐，还是要选择赚钱的快乐呢？不同的答案会让你拥有不一样的人生。如果赚了一点钱，就去刷卡消费买自己想要的东西，那就表明了这是一个消费毫无节制的人。若你不是出生于有钱人家，或是有妄想症把自己当成是有钱人，那么是没有理由这样做的。你应该在看中一样东西后反复地考虑，这件东西到底是不是自己需要的，会不会在买了之后就立刻后悔等问题，等你都想好了之后再购买也不迟。

从另一方面来看，若先体会到了花钱的快乐，那么你可能永远都不会知道存钱的快乐了。穷人有了一点点钱之后，就会先想把这钱用掉了再说。想买的东西都买了，想吃的东西都吃了之后才开始后悔："早知道应该先想想再说。"但这也是暂时的后悔而已，因为他们早已养成了无度消费的习惯，连定期储蓄的快乐也不知道，最后就这样终结掉了自己的一生。

* 跟着欲望走，就像嗑药一样危险

任凭自己的欲望来指引行动的感觉，真的很让人着迷。可以在任何情况下都不管不顾，发现中意的商品就立刻买下来；有想吃的料理就先吃了再说；为了满足自己不切实际的想法，不考虑将来就先去做。然后呢？无论是向银行贷款，还是跟父母要钱，又或者是期待着出现一个白马王子来帮你偿还信用卡的负债……这些都是不负责任的行为。

我们国家的人都太追求表面了，太崇拜完美了。即使考了很高的分数，念了很好的学校，那也不是人生的全部。但长得漂亮一点，给人印象比较好的人，去面试时确实更具优势，这是社会现实，而且是可以理解的一面，也是有些人凭借着自身实力加上努力

都得不到的。所以现在的人，大都想把钱存起来，然后再全部投资到整容上去，这样就可以在别人面前好好地抬起头来，从此麻雀变成凤凰。

演艺圈里的漂亮女生大多数都是整容出来的人造美女。但不是什么人都可以当明星的，有资格的人从胎儿开始就得有像拳头大小的头和细长的骨头，只有这样，长大后整容才不会有太大的差异。大多数穿在自己身上的华丽名牌服饰，都只能用来衬托你的气质而已。

拥有突出的颧骨、像抽象油画一样粗糙体形的人，不管是把眼睛做成双眼皮还是把鼻子垫高，都不可能变美丽。想一想，只是披着一件名牌，就能把南瓜变成西瓜吗？

一些企业为了引诱消费者买他们的商品，常利用十分有影响力的明星以现身说法的方式做广告。因为一般大众非常喜欢他们，所以也买了明星们推荐的商品。但明星们是否真的用过？到底可不可信？如果你根本就不清楚所买的商品对自己有多大用处，那么你所购买的东西也就变成了废物，笑到最后的只会是那些企业。

比起痛苦，人们会本能地选择快乐。**在年轻的时候，比起自己的内涵，大多数人会在外表上投资更多，可是经过这样短暂的快乐之后，随之而来的却是更长久的痛苦，到最后也只能后悔了。**

* 养成一个坏习惯，会跟随你一生

在大学时代与我同住一间寝室的K，毕业之后因为找不到好工作就去报考研究生。但K要靠自己的力量来交学费是不可能的事，所以就伸手向父母要学费。不仅如此，她还以就读研究生的名义，向父母以及兄弟姐妹们借了一些钱，买了不少没用的装饰品。

K的房间里全是些乱七八糟的东西。在那么多的衣服和小饰品里没有一件是有价值的。她买的数十个皮包全都是"A货"（几可乱真的名牌仿冒品）。有时路过一些小摊贩，看到价格便宜就买了，后来自己不常用，就转送给朋友和同事。随着时间流逝，她留下的都是一些没有用的东西。那些都是当时比较流行，而且价格低廉的商品，但现在却变成了没有价值的"收藏品"。

完成研究生的学业之后，K马上就结了婚。看她以前生活的样子，我觉得这个选择也许对她会更合适。但是真正的悲剧不是过去，而是从现在才开始。她由于没有辛苦赚钱的经验，所以就把老公每月辛苦赚回来的薪水，看成是自己过去念书时的零用钱一样毫无节制地花着。年轻的时候因为养成了不好的用钱习惯，所以对于她来说，老公的信用卡就像是阿拉丁的神灯。

K 连买衣服和小饰品的钱都不够，还在那间没有多大的房子里添置了许多没多大用处的厨房用品。比起用老公每月给的钱，她用得更多的是信用卡，为了得到更多的钱，她还偷偷地背着老公办了一张利息很高的信用卡，用来买自己喜欢的商品。在其他夫妻都在携手努力理财的时候，她却弄得整个家负债累累。不仅如此，她不但没考虑过改掉这种不好的习惯，还一直埋怨老公薪水太少。

*　变富或变穷是你自己的选择

K 的家庭不仅开始过着负债累累的生活，还浪费了许多赚大钱的时间。如果她**不改掉乱花钱的坏习惯，就很难从穷人的生活中逃脱出来，可能会过着悲惨的生活来度过自己的余生。**

虽然现在还年轻，而且还有份稳定的工作，所以能有安定的收入来过快活的日子，但是人总有一天会老去，收入又能稳定到何时呢？为了使用齐全的厨房用品，就先买一个很大的房子吧；为了让自己穿上好看的衣服，就先让自己的内心充实吧！

你是先购买房子再去添置厨房用品呢？还是先购买了昂贵的厨房用品之后，将它们搬到租来的破房子里呢？你是把少得可怜的月薪用来购买高档的化妆品和流行的服饰呢？还是先充实自己，并把自己的专业技能给提高后才购买适合自己的东西呢？这些不同的选择就决定了你不同的一生。

不管别人说什么，
都不要盲目消费

就算是必要的消费，也得先看看自己能不能负担得起，

先思考一段时间之后再做选择，

因为自己要做的事只有自己才最清楚。

　　有着消费不节制以及一些不良习惯的人，是不可能收拾得好自己东西的。假设A能把自己的东西给保管好，而B是一个把自己的东西四处乱放的人。

　　A清楚自己的东西是放在哪里的，知道什么不够了，所以一定会购买必要的东西。反之，B则把自己的东西放得乱七八糟的，到了要用的时候却不知道放在哪了，所以会又去买。过了一段时间之后，整理自己东西就会发现，刚买的东西是以前都添置了的东西。

　　你是像A，还是B呢？如果是A，那么变成有钱人的概率比B高

很多哦！如果你是属于B，那么想要变成有钱人的话，第一件要做的事就是要改掉自己以前的整理习惯，要开始熟练地收拾自己的东西。此外，属于B类型的人，在做家庭财政简表和管理账本上可能会觉得很痛苦，但这只是暂时的，以后就会慢慢习惯。

如果还不能勇敢面对自己现在的情况，仅仅因为读了一本有关理财的书就很自负的话，一定还是会一点进步也没有，继续过着以前的穷人生活。

* 付账之前，想清楚

我也曾经买了很多没用的东西，回去之后才后悔不已。跟朋友们逛街的时候，看到适合自己的商品，就会被她们劝着买下。"那衣服好像就是为了你而量身定做的！快点，穿穿看！"

有时甚至连衣服都没有试过，只是在身上对比了一下大小，看了一下款式，她们就开始讨论起来了。听到朋友们异口同声地说："喂！呀！太漂亮了！这衣服就是为了你而设计的！快点买下来吧！"那时候不管这衣服实用性高不高，这价格到底是我能不能接受的，常常毫不考虑就买下来了。

所以也常常有把买来的新衣服拿回家试穿了之后就开始后悔的

状况。"这衣服好像不太适合我，而且价格又好贵。"穿了一两次之后就把衣服给丢到衣柜的最底层了。但过不了多久，就会又和朋友们去百货商店里买自己喜欢的东西了。

我在二十几岁的时候也和现在大多数的年轻女人没什么差别。跟好久不见的朋友出去时会穿得漂亮一点，逛街的时候看到橱窗里的展示商品时，会多看几眼。每次要么是不加考虑地购物，要么就是因为没买而后悔不已。

但很奇怪的是，有很多东西在变成了我自己的以后，感觉上就没有原来那么喜欢了。使用了几次或是穿了几次之后就开始厌烦，后悔自己没太慎重地做考虑。

虽然过了30岁的我已经养成不会因为商品好看就马上买下来的好习惯，可是有时候购买一件单品时，却会有买高档名牌的倾向。所以我常常被老公说长道短："平时节省有什么用啊？一次的花费还不是那么多。"

男人是不能理解女人的消费心理的。男人可以光靠几件朴素的衣服和几个装饰物就可以过上好几年，可是女人却不一样。因为每当到了换季的时候，女装流行的款式和颜色都是不一样的。

但是以这种理由来欺骗自己，满足自己的欲望，每一件想要的东西都得拥有，想做的事情都得做的话，那要到什么时候你才能通过理财，成功地转变成一个优秀的女人，过自己想过的日子啊？但若真是必要的消费，你至少该好好地想一想"自己能不能负担得起"的问题之后再购买吧！

凭着几个所谓理由的借口随便地购买，是无节制消费恶习产生的根源。

别让花钱上课变成一种浪费

投资能使自己获得满足感，
对于充实自己也是有帮助的。
花钱消费则是暂时的快乐，
是唤起贪婪之心的贫穷深渊。

以下是前几天来跟我聊天的N说的话：

"上班以后，跟朋友们一起玩乐打发时间的时候，就会想再学点什么东西。于是报了一个挺有名气的英文班，在那学习了6个月。起初因为觉得花了很多钱，所以很认真地去上课。但是后来因为朋友们经常邀约出去玩或者聚餐，想想若没有参加的话，肯定会被朋友们或上司责骂，所以开始常常不去上课了。

"由于经常没有去上课，因此偶尔去听课的时候就完全不知道老师在讲什么。因为工作忙，平时又有应酬，所以预习和复习对我来说是绝对不可能做的事。起初参加这个英文班时的兴奋劲都不知道跑哪里去了。到最后又变回了原来的生活。我想我可能就是这样没有毅力的人吧!"

看完这段话以后,读者们可能都会有同感。这是投资,还是浪费呢?这样既浪费了时间,又白白地花了钱,所以当然就是浪费啦。要是把那些钱给存起来的话也许会更好,或者用来买几件衣服给父母的话,还可能会被说成是孝顺的女儿呢!

不是学习成绩好或者头脑好的人才能学好英文。即使你的情况是从零开始,可是只要你开了头,并且咬紧牙关学到了最后,等到有一天,见到一个来韩国的外国人,正在别人不知道该怎么沟通的时候,你能上前很自然地用流利的英文跟外国人对话;或者被派去海外出差,能听懂外国人所说的话时,你难道不会为自己感到骄傲吗?这才是真正的投资和人生的成功啊!

＊ 不了解商品是否适合自己就消费,就像在猪身上戴了一串珍珠项链

"我虽然不知道穿名牌到底有什么意义,但是在参加朋友之间的聚会时,自己身上没有一样东西是名牌的话,就会感觉到自己很没品

位，自尊心也会受到伤害。最近在街上居然还看到一只狗身上的东西都是名牌货。所以之后我贷款了200万韩元（约人民币1.4万元）买了一个名牌的皮包。"

这是一个关于N的例子。这到底是浪费，还是投资呢？这当然是什么都不知道就傻乎乎上当的浪费了。她连自己要买名牌皮包的意义都不知道，就买了一个那么贵的皮包，事后回想起来当然很后悔。"在猪的身上戴上一串珍珠项链。"这话的意思不是说戴在猪身上的项链与猪不适合的意思，而是说猪根本就不知道珍珠项链的价值所在。

当然也不能由于没有购买名牌高档货的能力，就去买"A货"，因为这并不是明智的投资。这样做了，你还可能会怕朋友们知道你买了假货，然后开始紧张担心。更重要的是，要是被别人把我们韩国说成是"超级A货第一国"的话，这可是比上当更糟的事

＊ 适当选购名牌，
也可能变成伟大的投资

如果是一个能赚到1 000万韩元的人拿出100万韩元来购买名牌的话，就是对自己的投资，可说是努力工作后买来慰劳自己的奖

品。但若是一个月只赚100万韩元的人却买了价值100万韩元的名牌，那可真是太浪费了，图一时的花钱之乐只能得到暂时的快乐而已。

在让专柜小姐把价格昂贵的名牌货包装好之前，先把自己的身价提高了再说吧。努力地工作，向前迈进，使自己的薪水增加，等到在公司里有了比较高的职位以后，再买名牌的东西来包装自己吧，这样就很顺理成章。

比起购买昂贵的名牌货，适当地选购一些能体现礼仪风度的名牌小饰品，更能让人眼前一亮，而且对事业的发展有所助益。一般人们在谈话的时候都会以交换名片的方式来了解对方。当自己在皮包里左找右找掏出名片时，对方却从很精致的名片夹里拿出很漂亮的名片，你难道不会觉得很不好意思吗？如果你不太在意你的名片，那么你的事业也将会变得乱七八糟。

名片就代表一个人的门面。把名片做得精美一点，才算是一个很明智的投资。

信用卡可不是
圣诞老人的礼物

为了安全和聪明地消费，

先从怎样使用信用卡开始学起。

把钱包里不用的卡统统都给剪掉吧！

现在的社会里，很少人连一张信用卡都没有。虽然新闻里天天都在谈论信用卡的好处与坏处，可是，在现代的社会中，不用信用卡可不是一件容易的事。让我们先了解信用卡出现的理由，再决定到底使不使用信用卡吧！

银行到底是做什么的？把银行的功能弄清楚之后，再考虑它到底在自己的生活中扮演着怎样一个角色。我们把钱存进了银行，最后还多出来非营利性质的利息，很多人单单是这样就很满足了。事实上银行早已经把自己的利润给提出来了。

银行经营着很多种类的债券和理财商品，像是信用卡、住宅担保贷款、住宅担保分期付款、汽车贷款、学费贷款等。为了想获得更高的利润，于是银行就请最著名的模特儿在电视广告中说："这是1 000万人都在用的卡。"而且每年银行都会邮寄数十亿封邮件或小礼品给我们，那是因为我们是他们的衣食父母。

因为银行这样的说法使得其所销售的商品理所当然地变成了现代人的必需品。银行利用最知名的明星来演说"使用这种卡的话，可以跟我一样也过着有意义的人生"，就这样反复地给人一种错误的信号，于是不知从什么时候开始，我们也习惯性地在购物时刷信用卡消费了。

不知道从什么时候开始，信用卡变成了皮包里最使人害怕的新型武器，消费者变成了金融机构的奴隶。因为没有信用卡的话，就不能买很多其实都没有多大用处的东西了。有了信用卡，再怎么贵的东西也可以马上就能买回家。

* 信用卡就像我们的脚镣

对于自己想买的东西，在一两个月之内全部都用信用卡购买下的话，那就像是自掘坟墓一样。因为你不会像用现金那样"心中有数",根本就不清楚自己能不能偿还这些欠款。有了信用卡之后,就算没有钱也能出去吃好吃的,买新衣服,还能出去旅行。因为玩得忘形了,所以把那么高的利息以及欠的债也都忘得差不多了。

为什么信用卡公司对顾客提供这么多的好处呢?银行可不是什么圣诞老爷爷。消费者使用信用卡,不必在当天就把钱给还清,信用卡公司会在3个月之后才寄来账单,且如果是这3个月都没有利息的话,在这3个月之中还可以继续买东西。

银行都是以获取"最大利润"作为自己的目标。要是以个案的情况看,他们的利润就很可观了。销售人员以无息分期付款作为条件,使得消费者盲目用卡,只看到自己眼前的一点蝇头小利,最终沦为银行的奴隶,所以不能因为占得了先预支的便宜就随便消费。

如果买卖合约成立的话,销售人员会先把分期付款的合约书卖给财务公司,销售人员就能从中获得一些利益,而你的分期付款中都包含了这些小费。别以为财务公司会赚不到钱,**要是签了分期付款合约书的顾客不能按时还钱的话,那么财务公司可能会用高得吓人的利息来催你还钱的。**

* 预借现金服务是致命的诱惑

预借现金服务跟我不是一点关系都没有。因为当人们为还信用卡债而苦恼的时候，如果去向朋友或家人借钱，那会使人看上去很寒酸，所以一般就会去选择使用ATM（Automated Teller Machine，自动存提款机）预借现金。因为如果是用ATM借钱，钱就会像水一样自动地流出来，真是太方便了，也因此人们会被预借现金服务给诱惑住。但是这种方法只能缓解暂时缺钱的苦恼，可是，要知道预借现金服务的利息就像抢钱一样，动辄19%～29%的利息可不是唬人的。

要是把钱存到银行里的话，利息最多不超过5%，而且还得向政府纳税15.4%（编者注：在我国利息最多不超过5.85%，利息税为5%）。而预借现金服务的利息却远远高过银行利息，而且是它的好几倍呢！虽然对于还本金是没有太大的负担，可是随着时间的流逝，还是有很多人因还不了利息而使信用度降低。

要是被归为信用度低的人群，那么在他们的经济活动中就会受到很多的制约，慢慢地就无法在社会中站稳脚跟了。

* 聪明使用信用卡的策略

要是把信用卡给弄丢了，或者是看不出信用卡金额减少的征兆，首先要做的事就是豁免负债。情况要是发展到这种程度，由无法储蓄而变成拖延还债的可能性更高。这样你每个月都得生活在辛辛苦苦补上信用卡欠款的日子里。

据统计，在偿还信用卡债务的同时，人们依然是想吃就吃，想买就买，还过着依赖信用卡的生活。**我们应该从年轻的时候就开始知道储蓄的重要性，并在消费欲望上面克制一下自己，还要把每个月信用卡的账单都列出来。从现在开始，为把信用卡账单上的金额变成零而开始努力吧！**

但是，如何还清用信用卡借来的那么多钱呢？最少要记住两个原则：第一，短期借钱所购买的东西一定要是价值能上涨的东西。第二，先找到能快点还钱的方法来减轻自己的负担。在这种痛苦的努力下，把信用卡债务给还完，再开始正确地使用信用卡吧。

使用信用卡的好处和坏处

好处	坏处
＊使用方便	＊引起购买不必要商品的冲动可能性很高
＊个人的财务资源可以扩大到最大限度	＊产生手续费、服务费、利息等问题
＊每月账单可一目了然地知道购物清单	＊因偿还不了债务，所以很难从负债里逃脱出来
＊能避免携带现金的不便或失窃	＊要是长期拖欠债务的话，就很容易变成信用不良者
＊在不确定某些消费的金额时可以一次性付清	＊要是变成信用不良者的话，会引起严重的经济及生活上的问题
＊累积积分到一定的程度还可以换取礼物	
＊可以提高个人的信用度	

　　用卡前先考虑一下消费目的、金额、时间、情况计划等等，仔细思考之后，再看看自己消费能力的限度，最好写个计划表。

　　我们国家的人们，平均每人手里都有5～6张卡，但在这之中有3～4张卡是一次都没有用过的，好多卡在皮包里放着没用的情况也有很多。集中使用其中的1～2张卡，而且管理得好的人可称为优秀的客户，他们还可以享受较低的利息或信用度增加等好处。

多多利用信用卡优惠，
消费省更多

把自己的位置放对，

弄清楚自己到底需要什么，

在使用信用卡的时候就会更有效率。

　　几年前，我的一个好朋友O，她拿着免费的按摩券来找我一起去SPA。我们刚开始是单纯地因为免费，所以高兴地去了按摩房。但在我们接受按摩服务的时候，服务人员就不停地说"皮肤有点干啊！""皮肤上角质好多啊！""快要长皱纹了！"之类的话。

　　听了这些话之后我们就想："现在还没结婚呢，这可怎么办啊！"这一想之后，立刻就刷卡200万韩元（约人民币1.4万元）买了1个美容保养疗程的服务。从那次之后，为了还这些钱，有好几个月我们都生活在节衣缩食的日子中。

为了这次消费，我的存款还被冻结了，所以从那以后，每当别人说到免费时，我都会用怀疑的眼神看着他。虽然那时候花了很多钱去SPA，可是现在我的皮肤还是又干又有皱纹啊！

相信有很多人都跟我有同样的经历。在这种情况下，银行组长会给你推荐一种卡，可以当成信用卡来使用，但是这种卡的户头是根据顾客自己的能力来刷卡消费的。这种卡的消费是有限制的，不能随便购买价位太高的东西，这样就能防止以上事件的发生。

现在政府也忙着限制信用卡的使用，从2006年12月开始，信用卡消费额度的15%可以由年度总所得中扣除，利率为15%，但银行的金融卡（编者按：此处的银行金融卡，是指兼具信用卡和提款卡两种功能的金融卡，和信用卡不同的是，银行金融卡的消费是于消费时立即扣款，因为若银行账户中已经没有余额，交易就会失败）消费额度却可扣除20%。但我是站在反对普通卡的立场上的，因此我的皮包里只有一张白金卡，我的银行金融卡都不知道在哪个抽屉里睡觉呢，一点印象都没了。

* 金融卡V.S.信用卡

信用卡可以凭积分换奖品。经过我努力地刷卡，在去年的圣诞节我得到了跟老公一起免费去济州岛的往返票。在某西餐厅里，有了信用卡，还可以享受打折等优惠。在这个餐厅里，如果是用银行的金融卡，就得付全部的钱，可若是使用信用卡的话，能享受到20%～30%的优惠。如果是你的话，会选择使用哪一种卡呢？

遇上搬家或是家里有客人来吃饭，通常人们会在超市里购买很多东西，但如果只是一般的上班族，突然在一个月之中一次支出那么多钱，那在剩下的日子里是会很难过的。

信用卡给人们带来了3个月无利息的福音，解决了很多问题。但不是每个月都要搬家，也不是每个月都会有客人。这时就可以利用多余的时间把突然的大笔支出慢慢还清，而不必从存钱的银行金融卡里提钱出来了。

我的第一个理财方法是，不投资在没有回报的商品上。所以我到现在为止都没有买车。一辆车价值数千万韩元，价格又跌得很快。对于我来说理财之路还很漫长，所以总感觉这是一个很大的陷阱。

但是，年轻时努力赚钱的人，不必在老了之后还那么节俭。等我老了，并跻身到有钱人的行列之时，我就会打算买奔驰牌的轿车。我才不愿意当一个挤着巴士或是地铁，等着有人让座给我的老奶奶呢！

利用信用卡乘坐大众交通工具的时候，每个月花的钱也不是很多。这个东西这么的方便，我们为什么还得去办一张没用的银行金融卡和需要定期存钱的交通卡（编者按：交通卡类似于我国的公交IC卡）呢？而且通讯社、面包店等地方的折扣卡，在使用的时候还得盖那么多的印章，皮包里光是折价券就已经很厚，没有多余的空间了，这样还用得着再去办一张普通卡和交通卡吗？

＊ 比起银行金融卡，现金会更好用

在现代文明的社会里，计划要做的事就得做到底。不能因为无法控制自己就去办理一张银行金融卡，这真是一件十分可笑的事。带一张里面有余额的卡，还不如带现金出去呢。

"大叔，我要用现金买，不能算便宜点吗？"用现金买东西的时候还可以跟卖家讨价还价。卖东西的人看到你皮包里厚厚的钞票，当然就会想要卖给你，不可能会有卖东西的人让你用信用卡来结账又让你杀价。

在一番讨价还价之后，你所得到的价差，比起你用同样的钱存到银行金融卡上1年所得到的利息还要高出很多。如果现金交易能得到那么多的好处，干脆也把为了买房子而存的准备金或年薪储蓄都加进去吧！这样相当于把现金变相地成了储蓄，而且又可以不用交税。如果在消费的时候还想着会被扣除或者豁免，难道不觉得可笑吗？不要忘了，其实我们的政府也是靠税收来生存的商人。

靠一张白金信用卡快乐地生活吧！这种卡只发给有固定工作或者是信用度很高的贵宾。一般使用预借现金服务的人，因为信用度不高，所以是做梦都得不到的。

你想告诉别人，是你无法约束自己所以才使用银行金融卡，还是想将现在的地位通过你所使用的白金信用卡间接地体现出来？如果你拥有一张白金信用卡，那么去公园的时候能以5折的低价买到门票；去餐厅也可以享受到30%的优惠；通过积分就连坐飞机也能免费；不得已购买的高价商品也能免去利息；汽车加油也能享受到折扣哦！选一张好的信用卡比起乱七八糟的几张银行金融卡好一百倍呢！

节省的生活
不等于吝啬的生活

有钱人在对待金钱方面是十分有条理的。
他们不会在没有用的东西上浪费一丁点，
但在觉得有必要投资的东西上，
却一点也不会吝啬的。

在我的顾客之中，有很多人在韩国变成了有钱人。观察他们几年之后，**我发现有钱人并不是上帝创造出来的，而是凭借着自己的努力创造出来的。有钱人的共同点是，不会在没用的东西上浪费时间和金钱。**

在不久前，有一对年轻的医生夫妇带着刚满月的小婴儿，来找我咨询关于理财方面的问题。每个月有几千万收入的夫妇却不知道以后该怎么理财，于是我们谈了约2个小时，后来因为我有其他事要处理，就让那位太太和小宝宝待在会议室，然后又和那位医生草草地聊了几句就匆匆地离开了。

我处理完事情以后，再回到会议室时感觉到房间变得黑黑的，看到天花板的时候才发现灯没有亮。我还以为是会议室里的灯坏了，很不好意思，正想要道歉的时候那位太太却开口跟我说："在这么大的房间里只有我和小宝宝，开着灯也觉得浪费，所以我把灯关了。"

这话让我很不好意思地低下头去，从很有钱的家庭里出来的人，居然能说出这样的话，太让人惊讶了。如果是一般人的话，可能因为老公是能赚很多钱的医生，而天天买高档的名牌货来包装自己，但是这个30岁左右的年轻女人竟然为了节省办公室里的电费，而把电灯给关了。

其实有钱人的习惯就是这样的，知道要节省自己的钱，也知道要节省别人的钱。看着他们走出去的样子，我因他们成为我的客户而感到很荣幸，所以想要更加努力。

* 把钱浪费在没用的东西上 是愚蠢的行为

仔细想一想你周围的朋友和亲人在消费时的状况，家里有钱的人或者是赚了很多钱的人，在他们的日常生活中似乎都不会太浪费。如果你认识那种有钱但消费却不是很节制的人，就请更仔细地持续观察他们的生活习惯。他们这种人如果不是暴发户的孩子，那就很可能是假装有钱的人，而不是真正的有钱人。

有钱人在对待金钱方面是十分有条理的。不会在没有用的东西上浪费一丁点钱，但在觉得有必要投资的东西上却一点也不会吝啬。就连一般人想都不敢想的天价古董等东西，也会是投资的一部分。

"买那么贵的古董有什么用啊？还不如把那些钱存到银行里。"相信会这样想的人有很多。确实，站在普通人的立场上会觉得这是天价，可是对于有钱人来说这算不上什么有负担的花费，因为有钱的人早已经把普通人一辈子的全部积蓄都赚到了。

还有很多人看到自己喜爱的明星爱用的商品，就会跟着买。这类人，还不清楚自己的购买能力，就随便使用存在银行里应急的钱，或者是信用卡的分期付款，有的人甚至还去贷款。这样是完全不可能成为真正的有钱人的。

经过努力地节省及存钱，知道自己的财产达到了一定的数额之后，再去买高价的物品也不迟。但是，不能因为太贵就在街上买一个跟高档名牌货一样的仿冒品，这样做更可耻。其实买一个跟自己的实际收入情况相符合的东西来用就行了。

对我而言，在结婚之前，我就觉得有手机就够了，像手表这种奢侈品对我来说没有多大的意义。直到有一次在过节互赠礼物的时候收到了一只贵重的手表，这样我才算有了一只像样的手表，平时我很爱惜这只表，所以都不怎么戴，把它放在抽屉里，只有在会见重要的客户时，才会拿出来戴。

有钱的人购买的昂贵手表，在使用之后通常都留给自己的儿女们。没有钱的人也会这样做吗？仔细想一想，现在已经过着穷人的生活了，又怎么买得起这么昂贵的表呢？

懂得买名牌也是一种节省

如果你没有遇见一个会对你说
"这一生会像爱自己的生命一样爱你"的白马王子，
不要气馁，要一直向前看！
好好学习！迈向成功！

有一天，老公的朋友Y来我们家做客，在吃晚饭的时候，他开始向我们诉说他对女朋友的不满，说自己的女朋友是"败家女"。简单地说明一下"败家女"的意思，那就是过分地用别人的钱打扮自己，会花光男人的钱的女人。

Y说，他在自己女朋友上次过生日的时候带她去了一趟百货公司，因为女朋友希望他送自己一个漂亮的发夹。一起逛百货公司的时候他才发现，自己的女朋友看上的那些发夹价值多在10万韩元（约人民币700元）以上，甚至有一个发夹价格超过了30万韩元（约人民币2 100元）。最后他买了一个10万韩元的发夹给女朋友，女朋友还生气地把嘴嘟起来。Y说他因为这件事感到很郁闷，现在正在考虑到底要不要跟他的女朋友继续交往下去。

﹡ 钱要花在刀刃上

听了这些话之后，我忍不住说："在我看来，我个人觉得你很抠门。"这时老公和Y用不可思议的眼神盯着我，我又继续说：

"听你说的，你女朋友看上的好像是一个名牌的发夹。如果我是你，就一定会立刻买给她的，因为那可能会是她最喜欢的东西。只要是女人，都会想要一个高档的名牌发夹，那上面镶的水晶越多，价格自然也就越高。现在的低档货要是掉一颗水晶的话，那就像掉了一颗牙一样，失去了它原有的价值。但是高档的商品就不一样了，有可能一生都不会出现什么质量问题，只是在第一次购买它们的时候会感觉有点负担，可是如果在过生日那样重要的日子里，收到了那么珍贵的礼物，那她肯定会在以后的日子里都怀着一颗感恩的心来对待你。

"你如果都不买给她一个她真正喜欢的东西，那么她会认为你是为了便宜才买，所以她肯定会觉得你是一个吝啬鬼。钱不就是在该花的时候就得花，该节省的时候就得节省吗？不要在每次恋爱的时候都那么小气，之后又被女朋友"吐槽"。在恋爱的时候你应该为她买喜欢的东西，然后把自己在饭钱或者是交通费等方面节省的想法告诉她，她一定会觉得你是一个很会打理，很优秀的男人。"

* 不要羡慕灰姑娘

我想叮咛正在看这本书的年轻女人们，**不要一味地让男朋友买自己想要的东西，要让他们看看聪明女人的样子**。如果真的那么想要发夹的话，一定要堂堂正正地提出请求，然后再向他们说明那发夹真正的价值。如果那30万韩元的发夹真的有那样的投资价值以及使用目的，男人们会立刻打开钱包买给你的。

在恋爱的时候，你就应该将男朋友的钱看成是自己的一样来珍惜。更要仔细地考虑，如何才能降低自己对高价商品的需求欲望，或是减少恋爱花费的方法。像是约会的地方，如果选择一个公共交通十分便利的地方，汽油钱也就省下来了。

这种方式才是真正喜爱名牌一族的思考模式。**即使是价格昂贵的东西，可是一想到那名牌商标会在你身旁伴随你一生，那才是真正意义上的名牌。**虽然那价格是有点让人觉得有负担，但是放弃心仪的东西，而买廉价品的话，一定会感到遗憾和后悔。这样的话，不知道什么时候就又会去买价格高昂的心仪的东西，这就变成白白地浪费钱了。

该买的时候就买，该节省的时候就节省，比起那种不管三七二十一只会依赖男人的女人，这才是现代社会所需要的新新女性。**与其找一个会买名牌给你的男人，还不如让自己变成一个可以自己买名牌的女人。**

如果你是像杨贵妃那样相貌突出的绝代佳人，或者是家里非常有钱而你又是唯一继承人的千金大小姐，或者是从一出生就拥有着天才般头脑的人，那就可以挥金如土般地继续生活下去。

在你没有遇见一个会对你说"这一生会像爱自己的生命一样爱你"的白马王子前，千万不要气馁，要一直向前看！好好学习！迈向成功！这才能像灰姑娘那样飞上枝头变凤凰。

适时地宠爱自己是道德的

先考虑你看上的商品到底能不能用很久，
再想一想到底它的价格是不是在自己所能承受的范围之内再购买。
这是对流行很敏感的你十分有用的方法，
它能帮你节省很多钱哦。

一般和我不是很亲近的朋友，都觉得我是个败家女。这里我先把我购买的东西列出来，让你们评判一下我是不是很败家。

我只有1个名牌的皮包。除了这个皮包之外，就没有其他的皮包了，连一个一般的皮包都没有。在我的皮包里有高档的钢笔以及名片和钱包。万一我的皮包丢了，可能会损失数百万韩元。

围巾只有5条，都是名牌货。鞋子是春、夏、秋、冬各季用鞋，加起来不过只有5双，而且全是高档货。不了解我的人看到我，根据我从头到脚的打扮，铁定会觉得我是个败家女，虽然不知道我老公是谁，可是会觉得他很可怜的人有很多。

＊ 努力工作之后，
买名牌商品给自己当礼物吧！

其实我想要说的是，在这些东西里没有一件是我老公买给我的，这些都是我在结婚前，用自己赚的钱存了很久才把它们一件一件买回来的。在结婚以前，我就买了一间小套房，就连结婚时用的钱也都是我自己赚来的。但是在买这些名牌时，我可是考虑了很久才下决心买的，而且我也很会控制自己买东西的欲望。

在买很贵的钱包时，不是因为不懂什么叫做花钱的"痛"，而是因为我努力地工作后，在年终的时候拿到了很多奖金，为了犒赏自己而买的。在当时买钱包花了我30万韩元（约人民币2 100元），可是现在跟它有着同样设计的皮包，市值都超过了50万韩元（约人民币3 500元）。

我的钱包就只有这一个。虽然在每年年末我都能收到年终奖金，但是我想等到我现在的钱包不能再使用的时候再买一个新的，所以到现在为止我也没有想过再买一个。因此我们家里的东西也像已经跟着我有10年的钱包一样，是在我没什么经济负担时一个一个买回来的，现在它们都变成了古董。而我会永远珍惜凭自己双手赚来的钱所买的东西，我也为此感到骄傲。

* 买东西要兼具保值和耐用的原则

在购买东西的时候，最重要的原则就是不要买你第一眼看上的东西。就算是价格低廉，你也得想一想这个东西到底能用多久，与这个价格到底符不符合，品质又是怎么样之类的问题。**如果你觉得它能使用挺长时间的话，价格贵一点也无所谓，不要管什么流不流行，就把它买下来吧。**

特别是像皮包这一类的配饰，要买就得买海外的名牌，这样会更划算。随着时间的流逝，流行的款式也会随之变化，你若是买了一些廉价的商品，有可能到那时连那个品牌的名字都消失了。

如果你买的那些配饰是国外的名牌产品，就算是过了10年，那种款式也还会在百货公司的橱窗里陈列着。如果你去一趟那个品牌的专属旗舰店，你会大吃一惊的，在那里会看到你原来买的产品上早已丢失的小配件。

说这些的意思是，不管过了10年还是20年，别人都会认可我所购买的东西的价值。如果你好好地使用它，爱惜它，那么在你老了以后还能把这些有价值的东西，留给你的女儿或者是你的儿媳妇。

在考虑清楚你看上的商品到底能不能用很久后，再想一想它的价格到底是不是在自己承受能力的范围之内，然后再购买。对于流行敏感的你来说这是十分有用的方法，它能帮你省下很多钱，这样你也才算是一个真正懂得追求名牌的人。

但最适合购买名牌的时期是在结婚之前，因为在你结了婚之后，会为了买房子，给孩子买东西，还有储蓄之类的问题而奔波劳累，所以再花时间来装饰自己已经是不可能的事了。

搞好人际关系，成功更快速

想要在这险恶的社会里生存，想要平平安安地生活，那就一定要经营好人际关系。事实上，每个成功者的背后，都有一张被他们控制得很好的人际关系网。二十几岁的女人才刚刚踏入社会，所以要想马上变成有钱人是不太可能的，但要是从现在开始就把人际关系搞好，那么对你以后的工作发展，会有很大的帮助。

假设我被人事部调到别的部门，在这种情况下，如果我跟上司的关系良好，也许上司还会帮我一把，让我去自己想去的部门，但是如果关系不好，那么可能我会被调到一个我完全不想去的部门。

我的工作是帮顾客把他们的资产给管理好。所以在我刚到公司时，和我一起参加聚会的一般都是大企业的高级职员，或者是专业工作者。这对于一般三十几岁的女人来说，可能会觉得为了成功去搞好人际关系很没意思，但这是值得的。

就在3年前，我认识的朋友也都只是普通的上班族，可是有一次，在一个理财同好会上，我结识了一名医生和一位律师。因为大家的年龄差不多，想法也差不多，所以我们又另外举行了一次同好会。在这次集会里集中了各行各业的出色工作者，我们有着一个共同的目标——变成有钱人，我们相互了解对方的情况，然后一起携手奔向成功的道路。

有句老话说"不入虎穴，焉得虎子"。如果想要使自己变得很有人缘，更快速地走向成功，那么就先得知道自己跟那些精英们的共同爱好是什么，之后再去参加同好会，扩大自己的交友面，互相交换一下自己所知道的情报。现在热门的同好会有很多，如高尔夫球及葡萄酒等同好会。

喜欢打高尔夫球的人都会说："人生最后一个项目就是和朋友一起打高尔夫球。"因为高尔夫球一个人玩不了，而且年纪大了还可以玩。打高尔夫球最少也得花上5个小时，大家如果不合拍就一定不能一起玩这项运动。因为这个理由，所以高尔夫球可以说是搞好人际关系最高明的手段。

正在看这本书的二十几岁的女人们可能会想，自己到底适不适合参加葡萄酒或者是高尔夫球等同好会。但为了自己的将来，一定要奋不顾身地努力哦！

Part 3

成为有钱人必须要了解的理财方法

可能是没有辛苦赚钱的经验，有很多人都没有节省零用钱的习惯，经常是有多少花多少。当然他们也没有很强的经济观念，也不太了解经济方面的知识。但是倘若你老是将无知带在身边，这个残酷的现实世界是不会用父母般的温暖怀抱来接纳你的。想让自己有出息的话，就先从理财的基础知识开始学起吧！

先确立赚钱的目的，
然后实现它

如果先做一个整体的规划，
随之而来当然你就能做好每一步的小规划。
同样的，如果你先做好自己的人生规划，
也自然会实现理财目标的。

我因为工作的关系，一直都是在跟"资本家"们打交道。在他们之中，除去那些从出生以来就是有钱的人以外，一般可分为暴发户和白手起家两种类型。

暴发户型的人是那种中了彩票，或者是得到了政府所给的土地征收赔款，所以在一夜之间变成了有钱人。他们大都因为突然变得有钱后，只知道怎么用掉那些钱，却不知道怎么把钱管理好，所以就跟着别人学习"投资"，可是在那之后，有很多人却因为投资失败，又回到他们原来的生活中去了。

白手起家的人跟那些暴发户可不一样。因为在他们努力地学习后成为了医生、律师之类拥有高收入职业的群体，然后他们通过自己或者夫妻俩的共同努力，节省、存钱以及再投资，**最终使得资产累积让他们成为了有钱人。**

但是在白手起家的人当中，光是靠一个人的努力而变得有钱的人往往少之又少。因为，你或你的另一半没有什么专业知识的话，就只是待在家里坐吃山空而已。要想变成有钱人，就得先把那空想的习惯丢掉。在韩国只靠一个人努力辛苦地赚钱，那么就算是花10年时间也未必能买到一套房子，何况你还得养活孩子、老婆（老公），在这种情况下，如果只会空想，还想变成有钱人是不太可能的。

如果不想结婚只想一个人生活，那也得为了父母以及自己的未来，培养自己拥有一定程度的理财能力。你在二十几岁的时候可以赚点小钱，然后在三十几岁的时候做一点投资，在二十几岁的时候应该努力开发自己的能力，就算那时没能赚到钱，但是到了你三四十岁的时候，别人赚200万，你就能赚四五百万，把钱暂时先用来做脑力投资，这样在将来一定能得到回报。

现在要找到一份心满意足的工作是十分困难的，退休的年龄也越来越早。相反的，现在人们的平均寿命随着物质文化的进步也越来越长，物价也比我们的薪水涨得还要快，人们在这个社会上生存越来越艰苦。所以，如果你只是没有目标地一直努力，那是什么意义都没有的。**应该从现在起就替自己制订一个正确的人生目标，再将多余的钱储存起来或用于提高自己的能力。**

＊ 为了达到目标，事先计划是必需的

我们必须养成习惯，无论什么事，都得先做一个具体的实施计划。只有跟着计划的方向走，才不会让你走很多弯路。假设你现在的职业一点也不适合自己，只是拿着这一点点的工资，对于未来更是一点希望也看不到的话，此时若你想从事一些别的事业，那就得要学习正确的分析能力以及拥有一定的资金。例如你想要挑战一下大公司，或是开一个小店在网络上卖东西，事实上最先要做的就是市场调查，然后准备最少的投资金额以及货品出现问题后的赔偿金；如果你想要出国留学，就得考虑一下可行性，然后再想一想留学所需的资金以及要花费的时间。

如果先做好一个整体规划，随之而来你就能做好每一步的小规划。**对于人生来说，最大的悲剧并不是没有达成预期的目标，而是根本就没有目标。如果你先把自己要过的人生规划好了，自然也能实现理财的目标。**

创造经济奇迹的家庭主妇

就在政府只是纸上谈兵的时候，

江南区的家庭主妇们在了解情势后，

就先开始行动了。

我们要学习她们明智的思考以及快速的行动力。

　　曾经有几次我在高级饭店或是咖啡馆里谈公事的时候，听到家庭主妇们正在大声地闲聊家常琐事，每次我都忍不住想要过去责备她们——男人们在公司里辛苦工作，只吃着5 000韩元（约人民币35元）的工作餐，而家庭主妇们却只知道去喝咖啡，或是去高级饭店消费。一想到这里，我就为她们的老公和小孩感到不值。

　　但现在的生活改变了。如果现在你再去听听她们的谈话内容，一定会大吃一惊的，她们只会谈论某人在某地方购买了某东西赚了钱；最近哪种东西好像很不错；虽然现在贷款不是很容易，但是去咨询一下银行的PB（Private Banking，私人银行业务），解决某些问题可能就会变得容易一点，等等，现在她们的话题已经变成对我们很有用的高级情报了。

✳ 能赚钱的家庭主妇们威力强大

在卢武铉总统任职期间（2003～2008年），他曾说过"要将重点放在江南区的房产上"，从那时候起，江南区的家庭主妇的行动就开始了。虽然别人都对她们说"待在家里做家事就行了，还去胡乱搞什么嘛"。可是她们才不要听这些话，只是专心学着基本的"算术"。

江南区的家庭主妇们把政府的新政策好好了解、弄明白了以后，就把自己的钱用来投资地产，把房价给抬高起来。她们常常去参加理财报告会或者是拍卖报告会，一次也没有错过。就这样，她们对于经济的运作流程越来越熟悉，把银行看作是自己家的门，经常去做资金的运转，还跟PB经理们一起讨论该如何应付政府提出的新政策。

家庭主妇们的这种做法并非是不法的行为。**政府根本不了解国民的想法及需要，就在他们只知道纸上谈兵的时候，家庭主妇们就**

已经开始行动了。这就像是在政府的背后插上了一把刀一样，使得政客们对于自己提出的政策感到懊恼不已。最近，不动产的升值就是江南区的家庭主妇们与政府"交战"后的一个胜利结果。

江南区的家庭主妇不会因为赚了一点点钱之后，就开始浪费。她们每天早晨，都会在报纸里找寻夹杂在其中的超市折价券，然后将它们好好地保存。到了可以使用折价券购物的时候，她们就会像蜜蜂一样跑去超市把自己早已看好的东西买回家。

我们应该尊重她们的生活态度。虽然有的时候，她们的某些疯狂举动会使我们感到惧怕，但是，在某些场合还把自己当成是有风度的人，那肯定会吃亏的。比如说某样东西，有的人用1 000元买回去，有的人买3个才花1 000元！这当然是花1 000元才买一个的人吃亏啦。

＊ 想尽办法比别人先弄到投资情报

男人们通常觉得自己什么都知道，往往只注重大的动向，所以时常都抓不住机会。他们只知道花费了多少，市场经济运作的原理是怎么样的，这些都是老套了不是吗？相比而言，女人比表面看上去更现实，她们知道哪种交通更便利，哪所学校的教育设施更好，还有就是需要注入资金的地方多不多，有没有希望能赚到钱，她们通常是在了解了很多实际情况的基础上再开始行动的。

男人们都在原地踏步，因为他们觉得比起自己的月薪，就算一点点的贷款都会让他们觉得很有负担，但是**家庭主妇们从来没有担心过贷款的利息，因为她们下了很大的决心，就算以后进了警察局都得把贷款的利息给赚回来。她们都有视死如归的必胜决心，又怎么可能赚不到钱呢？**

政府那么努力地想要把房价降下来，可是每次都是以失败告终，这是因为江南区的家庭主妇拥有着最高武士精神的原因。很多家长都希望自己的宝贝孩子能上最好的学校，所以名校和学生集中的江南区不动产，就成了大家都虎视眈眈的一块肥肉。

即便是江南区的房子都已经住满了，大家都还是想要移居过来，有那么大的住房需求量，房价怎么可能会不上涨呢？

假定你在结婚之后就马上生小孩。从出生地开始算起，幼儿园、小学、初中、高中等，孩子在哪里上学，又在哪里生活下去对他才是最好呢？会说"江南区这地方不好"的人又有几个呢？我开始也是，虽然没有生小孩，但也一直为了孩子的未来在苦恼，思考现在能做点什么。我们在努力赚钱的同时也需要很仔细地思考一下未来。

家庭主妇们把"积极"都放在了理财上面。就如你坐地铁的时候，肯定会出现不是前面的座位空着就是后面的座位空着的情况吧！在这时，还没等前面的你坐下，就出现了一位大嫂突然坐上了那个座位。当时，你会觉得有一点点尴尬，可是那位大嫂却舒服地坐着地铁到家了。

　　家庭主妇们理财很优秀的原因就在于，在别人得到好的情报之前，自己就要想尽办法比别人先得到情报，并勇敢地去做，不在乎旁人的眼光。

　　我们要向江南区的家庭主妇学习的就是实践的精神。在你结婚之前所厌恶的家庭主妇们的样子，就是我们未来的样子。

理财越早开始，越早享受

正确的投资能利滚利赚到更多的钱。

如果能更早一天学会理财，

那个人一定会更快变成有钱人。

英姬和正哲是从小玩到大的好朋友。从小就是出了名小气的英姬，在她大学毕业以后就上班了，且只花了一年的时间来努力工作就存了1 000万韩元（约人民币7万元），后来结了婚，由于要教育小孩，所以她在40岁时就离职回家了。从那之后，她就一直靠老公的薪水生活着，再也没有储蓄。而她年轻时存在银行里的钱，因为有利息，所以越来越多了。

正哲因为要当兵，所以开始工作的时间要比英姬晚一些。他在刚开始上班的时候非常爱喝酒，一天到晚都泡在酒吧里。后来自己觉悟了，于是从34岁开始以每年1 000万韩元（约人民币7万元）的速度来存钱。而当时他们两人的储蓄利息都是10%，那我们来算一算，当他们都到了65岁的时候，他们的银行存款有多少？

* 越早开始存钱，对你的未来越有利

我们先观察一下下面"模拟"的结果吧！看看以钱赚钱，利上加利的威力吧。模拟状况一：正哲在银行里存了32年，英姬只存了17年，可是，不管怎么努力，正哲都追不上英姬。

因为觉得奇怪，所以我又模拟了第二种情况。英姬17年来每年就只存了1 000万韩元（约人民币7万元），可是如果正哲先充实了自己，提高了自己的水平，努力地工作以保证每年储蓄2 000万韩元的金额（约人民币14万元），那结果应该是很惊人的。你想一想，两倍的数额，并且存的时间更长，可是为什么仍然追不上比自己更早存钱的英姬呢？如果他想要跟英姬有同样多的钱，就得再提高自己的水准，找到一份更好的工作，增加自己的收入，将存入银行的钱提高10%以上。

我希望你们可以把这个"假设"记下来，放在比较显眼的位置，每天都看一遍，激励一下自己，理财理得好，生活才会变得更美好。

模拟状况1：英姬V.S.正哲的定期储蓄

年龄（岁）	英姬（利息10%）		正哲（利息10%）	
	储蓄金额（万元）	累积金额（万元）	储蓄金额（万元）	累积金额（万元）
24	1 000	1 100	0	0
25	1 000	2 310	0	0
26	1 000	3 641	0	0
27	1 000	5 105	0	0
28	1 000	6 716	0	0
29	1 000	8 487	0	0
30	1 000	10 436	0	0
31	1 000	12 579	0	0
32	1 000	14 937	0	0
33	1 000	17 531	0	0
34	1 000	20 384	1 000	1 100
35	1 000	23 523	1 000	2 310
36	1 000	26 975	1 000	3 641
37	1 000	30 772	1 000	5 105
38	1 000	34 950	1 000	6 716
39	1 000	39 545	1 000	8 487
40	1 000	44 599	1 000	10 436
41	0	49 058	1 000	12 579
42	0	53 963	1 000	14 937
43	0	59 360	1 000	17 531
44	0	65 295	1 000	20 384
45	0	71 824	1 000	23 523

41岁起就没有再增加本金

年龄 （岁）	英姬（利息10%）		正哲（利息10%）	
	储蓄金额 （万元）	累积金额 （万元）	储蓄金额 （万元）	累积金额 （万元）
46	0	79 006	1 000	26 975
47	0	86 906	1 000	30 772
48	0	95 596	1 000	34 950
49	0	105 155	1 000	39 545
50	0	115 670	1 000	44 599
51	0	127 237	1 000	50 159
52	0	139 960	1 000	56 275
53	0	153 956	1 000	63 002
54	0	169 351	1 000	70 403
55	0	186 286	1 000	78 543
56	0	204 914	1 000	87 497
57	0	225 405	1 000	97 347
58	0	247 945	1 000	108 182
59	0	272 739	1 000	120 100
60	0	300 012	1 000	133 210
61	0	330 013	1 000	147 631
62	0	363 014	1 000	163 494
63	0	399 315	1 000	180 943
64	0	439 246	1 000	200 138
65	0	483 170	1 000	221 252

注：金额单位为韩元，1韩元约等于人民币0.007元。

模拟状况2：英姬V.S.正哲储蓄金额加倍后的定期储蓄

年龄 （岁）	英姬（利息10%）		正哲（利息10%）	
	储蓄金额 （万元）	累积金额 （万元）	储蓄金额 （万元）	累积金额 （万元）
24	1 000	1 100	0	0
25	1 000	2 310	0	0
26	1 000	3 641	0	0
27	1 000	5 105	0	0
28	1 000	6 716	0	0
29	1 000	8 487	0	0
30	1 000	10 436	0	0
31	1 000	12 579	0	0
32	1 000	14 937	0	0
33	1 000	17 531	0	0
34	1 000	20 384	2 000	2 200
35	1 000	23 523	2 000	4 620
36	1 000	26 975	2 000	7 282
37	1 000	30 772	2 000	10 210
38	1 000	34 950	2 000	13 431
39	1 000	39 545	2 000	16 974
40	1 000	44 599	2 000	20 872
41	0	49 058	2 000	25 159
42	0	53 963	2 000	29 875
43	0	59 360	2 000	35 062
44	0	65 295	2 000	40 769
45	0	71 824	2 000	47 045

> 41岁起就没有再增加本金

年龄（岁）	英姬（利息10%）		正哲（利息10%）	
	储蓄金额（万元）	累积金额（万元）	储蓄金额（万元）	累积金额（万元）
46	0	79 006	2 000	53 950
47	0	86 906	2 000	61 545
48	0	95 596	2 000	69 899
49	0	105 155	2 000	79 089
50	0	115 670	2 000	89 198
51	0	127 237	2 000	100 318
52	0	139 960	2 000	112 550
53	0	153 956	2 000	126 005
54	0	169 351	2 000	140 805
55	0	186 286	2 000	157 086
56	0	204 914	2 000	174 995
57	0	225 405	2 000	194 694
58	0	247 945	2 000	216 364
59	0	272 739	2 000	240 200
60	0	300 012	2 000	266 420
61	0	330 013	2 000	295 262
62	0	363 014	2 000	326 988
63	0	399 315	2 000	361 887
64	0	439 246	2 000	400 276
65	0	483 170	2 000	442 503

注：金额单位为韩元，1韩元约等于人民币0.007元。

如果想让梦想成真，
先做一个财务报表吧!

如果你的资产众多，

或是资金的流入和流出情况频繁，

那你应该要习惯于编列借贷对照表

或者是盈亏账目等等的财务报表。

　　理财专家们最常讨论的话题是关于理财的方法。以前看到公司的前辈们戴在左胸表明他们身份地位的徽章时，都会好羡慕，所以在上班之后，就会觉得自己的薪水太少了，于是想做一下理财方面的规划。

　　我所遇见的在理财方面成功的人士，大多数都不会把多余的资金放在家里，因为那样的话，100块钱还是100块钱，是不会增多的。他们会花一点点，再把钱存进银行以利滚利的方式来增加资金的数额，以使自己变成有钱人。所以具有较大风险的投资不动产或是投资股票并不是理财的全部。

但是现在在这物价高涨的时代里，要想节省一点钱并存进银行，并不是一件容易的事。有很多人都会想，不超出预算就已经很不错了。为了将钱节省下来，成为一个真正的有钱人，就得先根据自己的情况制订出一个财务报表。

不要以为财务报表就是要把数量众多的会计账目给全部写上去。**财务报表真正的意思是：把你的借贷对照表和盈亏账目合二为一。借贷对照表能使资产的负债以及现在的财务状况一目了然，而盈亏账目是记录每天收入和支出情况的表。**

＊ 财务报表，是这样使用的

其实借贷对照表的概念是很简单的。举个例子来说吧，如果你在银行里的定期存款有1 000万韩元，那就记录下来你的资本有1 000万韩元；如果是贷款了500万韩元，又把钱投资到了股票上，获利了100万韩元，那就在负债的一栏中填写上500万韩元，在资产一栏里写上"负债500万韩元+收入100万韩元"。就这样，我们要按照"资产永远是负债和资本的总和"这个原理来做，为了方便大家记住，只需把"负债也是我资产的一部分"记下来就行了。

财务报表的分类

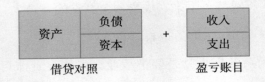

借贷对照　　　　　　　　盈亏账目

　　盈亏账目的制订比起借贷对照表来说更容易上手，只需要将每天的收入和支出情况详细并正确地记录下来。像这样的记录，在妈妈的家务管理账簿和盈亏清单里都能经常见到。借贷对照表是在每个月中一个固定的时间来记录的，盈亏账目则是天天都要记录，然后在每个月结束的时候，把收入和支出做一个对照整理，这样就能正确地反映出你现在拥有的个人资产总数。

　　假设每个月有30万韩元（约人民币2 100元）投入到基金中。在月财务报表中的盈亏账目支出一栏中记下30万韩元，然后在借贷对照表中的资产和资本两栏里依次填写就行了。但是基金是属于不太确定的非实质性理财产品，所以更要正确地将收入与支出记录下来。**每天都要这样记载，然后再弄清楚现在投资以及理财方面的一些新行情，这样才能改善你现有的理财方法。**

财务报表填写范例

资产		负债	
银行定期存款金额	1 000 万	银行贷款金额	500 万
向银行贷款投资股票	500 万	**资本**	
+ 投资股票收益	100 万		
基金(9 回)	270 万	银行定期	1 000 万
+ 投资基金收益	40 万	+ 基金(9 回)	270 万

借贷对照表

盈亏账目 （月总表）

注：金额单位为韩元，1韩元约等于人民币0.007元。

如果你听别人说"这家公司真的很有赚头"后，就马上向银行贷款了500万韩元，并投资这只股票，那么很有可能你的收益会每月都下滑，或是白白浪费金钱在根本没有什么投资价值的股票上。你应该先看看财务报表上的情况之后，再考虑一下怎么做才赚得到钱。

如果投资的股票长期都没有太大的波动，你可以从每个月的收益里拿出一部分来还一点点贷款。如果你分析或是预感到自己所投资的股票可能会亏损，那么不要犹豫，应该坚决地脱手这只有可能亏损的股票。

可能你需要做借贷对照表的资产不是很多，关于钱的收入与支出情况也不是那么频繁，因而也就觉得没有必要那么麻烦地去做盈亏账目。但就算是这样，你还是应该养成做财务报表的习惯。不要因为觉得困难或嫌它麻烦，就天天找一大堆理由来为自己开脱。

就从现在开始，每天晚上你都要在财务报表上记录下自己每天的财务情况，为了能赚大笔钞票，为了能更有声有色地活着！

为了未来的投资机会，
要趁年轻多存些本金

二十几岁的时候只需要热衷于勤俭地存钱就行了，

不然日后当赚钱的机会到来时，

要是因为没有多余的存款而不能进行投资的话，

那会多么郁闷啊。

在了解自己的情况以后，制订一个适合自己的存款计划，每个月都将一定数额的钱存到银行，等到定期存款到期的时候，不但能收回本金，还可获得一定的利息。假设每个月拿100万韩元（约人民币7 000元）并以5%的利息存进银行，3年以后定期到期就会变成38 465 928韩元（约人民币269 261.50元）。要是利息不是5%而是10%，那就是41 185 983韩元（约人民币288 301.88元）。

本金同样是3 600万韩元，可是由于利息分别是5%和10%，就有很大的差异，这还是把15.4%的税金扣掉后计算得来的金额。

但是这种计算只限于对过去而言。现在，不论是什么金融机构都不可能给你10%的利息。不管在哪里，你都能听到"利息低，利息太低了"的感叹。

有点急躁的人看见别人赚了钱，或是听见有人说最近投资基金能获利多达30%～40%，就急着立刻买进。有的人只是为了赚那5%（指银行的利息），于是节衣缩食，谁又能那么幸运地一直得到30%～40%的收入呢？如果我们也抱着"跟着试一试看看"的想法去跟进，是肯定会失败的。

＊ 连投资的本金都没有，
成功的概率是零

即使利息只有5%，可是存到银行里，到期时一定会拿到本金和应有的利息。除非在存款期间出了点什么事，利息才会减少一点点，但再怎么样本金是一定拿得到的。就像公演前的彩排一样，开始时做得很好，可万一出了什么问题，只要你重新做好就行了。

投资却是不一样的。为什么只有绩优的投资工具才能为人们带来收益呢？去查一下，有关二十几岁人群理财知识的百科全书吧！或者上网比较一下收益好的基金和收益不好的基金吧！韩国大概有

7 000多只基金。在这之中，**虽然收益好的基金有很多，可是使你的收益为负的基金也不少。**

我们闭着眼睛试想一下，现在你所投资的基金正在以非常快的速度亏损掉你的钱，就像公演开始了是不可能在中途叫停的。不管是成功还是失败总归是要结束的，可是吃了那么多的亏就这样结束了，是不是很不甘心，这就好像人生中发生了致人死亡的交通事故一样，还没有活够就结束了。

* 越急于求利反而会亏损更多

投资有如不能回头的人生一般，投资了收益不好的基金时，是不可能从中途逃出来的。光是听了别人的话就去投资股票，这样失败的可能性更高。因为这种急于求利的人往往会不计代价去贷款，之后再转手卖掉赚取其中的差价来买房子，可是却有很多人最终都没有卖出手中的股票。起初还说只要买了房子就一定会卖到好价钱，如果真能那么顺利，为什么还会出现这么多楼房需要被拍卖或急售呢？

遇见那些成功的有钱人时，我跟他们谈论起了人生，这才发现很难找到一下子就变成有钱人的事例。上帝本来就是一个很严苛的人，所以他不可能让某个人过得非常幸运。

你在20岁的时候如果好好地存钱，靠利息使你的存款翻倍是轻而易举的事，而且投资赚钱的机会是一定会降临在你身上的。30岁、40岁、50岁，未来还有近30年的漫漫长路在等待着你呢！所以这个叫"机会"的东西是一定会来的。但如果在机会来临的时候，却因为没有多余的存款而不能进行投资的话，那会多么郁闷啊！

不要太急于求成，因为赚钱根本就没有必要急。二十几岁的时候只需要热衷于勤勤恳恳地存钱就行了。如果你想要得到更多的年薪以及提高自己的水平，那就从现在开始提高自己的工作能力和理财能力吧！那样的话，等待着你的就是兴致勃勃去投资的30岁，富裕的40岁，高雅的50岁了。

为了以后的生活，
一定要制订财务计划

如果想要变成有钱人的话，

就要先确立一个明确的人生目标，

然后根据你所确定的目标写一份财务计划书。

这样一来，你不用他人的提醒，就能按照计划书来付诸行动。

　　财务计划是指将流通的资金做适当的管理，并按照自己的计划实践以达到预计的目标。要做出你这一生想要赚的钱的资金计划，然后再好好地准备投资。一生要支出的金钱有很多，但还是应该有一定的限度，所以为了更有效率地达到目标，你还可以做一个计划来调节资金的限额。这样管理资金就能更有效率地促成自己资产的累积。

　　在漫长的人生中，有很多必须支出的资金，比如说结婚的费用、买房子的费用、孩子的教育费用、一定的救急资金以及养老金等。如果你有当有钱人的想法，那么在确定自己的人生目标之后，就根据在各阶段生活所需的必要资金，来写一份财务计划书吧。这样你不用他人的提醒，就能按照计划书来付诸行动了。你和有钱人的距离也就越来越近了。

＊　在每项必要的资金旁都打个钩

只有那些爱贪便宜的女人，才会将"男女平等，男女平等"这句话常常挂在嘴边，其实她们一直都梦想着，在一套高级住宅里有白马王子在等待她们的到来。

但是，现在男人们的父母大多都没有钱，而且男人还得服兵役，想要靠自己一个人的努力来买房子是不可能的事，这就是韩国男人们现在的生存状态。所以现在的男人们认为，一旦女人嫁给了自己之后，就得帮自己一点。他们会这样想是理所当然的。

在你结婚了之后会住在什么地区，会生活在多大的房子里？你最好先上网查一下你想要居住地区的房价行情吧！我想不论什么样的房子都一定会超过1亿韩元（约人民币70万元）的。如果还要在居住的房子里摆进你看中的家具和生活用品等东西，你至少还要多花上3 000万韩元（约人民币21万元）添购。

在享受结婚喜悦的同时，对于年轻夫妇来说最头疼的问题就是买房子。我们先不说江南区的房子，因为那里的房子就算只有100平方米，也要花10亿韩元（约人民币700万元）才买得到。了解最近房地产行情的人都应该知道，在首尔周围的房子最少都要4亿韩元（约人民币280万元），别的地区的房子也至少要花2亿韩元（约人民币140万元）才有可能买下来。

不管如何，假设你先顺利地结了婚，经过努力赚了钱，也买了一套房子。那么从现在开始就要担心小孩学费的问题了。如果你和你的另一半都在福利很好的大公司里上班，那么有可能从小孩出生到大学的学费都能得到保障。

但是你能保证小孩在大学毕业之前自己的工作都能得到保障吗？听说一个小孩从生下来开始到大学毕业为止，父母在他身上花的钱超过了1亿韩元（约人民币70万元）。你有信心保证自己的小孩能在良好的环境中成长吗？

还有，现在的医学那么发达，只要有钱，连人的生命都能延长。据调查，现在韩国人口的平均寿命是85岁。我想以后我们会活得更久。但不管再怎么努力地工作，你在60岁的时候也必须离职，那以后的25年就得靠从前累积下来的钱来生活了。

先不去管物价上升的比例以及现在韩元的价值，只是单纯地计算一下你以后的养老金吧！假设一对夫妇很节省地花钱，一个月只花100万韩元（约人民币7 000元），一年就得花掉1 200万韩元（约人民币8.4万元），10年的话就是1.2亿韩元（约人民币84万元），25年就是3亿韩元（约人民币210万元）。但是现在大多数的金融机构预计，一家人25年的生活所必需的养老金最少也得5亿韩元（约人民币350万元）。你怎么去准备那么多的养老金呢？

* 财务计划帮你达成变有钱人的梦想

　　若过着普通人的生活，能让自己的小孩在条件很好的环境中长大成人吗？你老了以后能和老公一起生活在很好的房宅里吗？从现在开始抛开这些异想天开的事吧。因为只靠老公一个人努力工作赚来的钱，光是应付平时的生活杂费以及小孩的学费，就已经很让人头疼了。试想一下，在你们老了以后，又怎么可能还有剩余的钱来做你们自己的养老金呢？

　　以后60年的生活会怎么过，是从现在20岁的时候就决定了的。把人生的财务计划，根据自己的梦想与贪婪之心来正确地决定下来吧！在什么样的地方生活？小孩要生几个？离职以后跟老公会过什么样的生活？从现在开始就应该为了以后的50年而努力地奔跑。

只是一味地幻想着"灰姑娘和玻璃鞋"的故事会发生在自己的身上，光是想着把自己的生活质量提高，却根本就不去付诸行动，那么上帝是不会让你那么幸运地中头彩，也不会有一个白马王子来专程等着你，也不会有像小妖精那种会帮你成功坐上"南瓜马车"的人出现的。

　　我们从现在开始要看清现实，尽自己的最大努力做好严密的理财计划，就算是为了以后能够帮助自己的老公做一点点事，这也是十分明智的举动。

　　你可以在现在或是将来拿出财务计划书来给你的老公看，然后你们可以一起商量如何来履行或是修改这份财务计划书。这样做以后，你的老公可能会觉得自己的老婆都在为以后做打算了，因此会更紧张更努力地赚钱来为以后做准备。也许刚开始的时候，夫妇两人可能会觉得有很多不满意的地方，可是这样做，你们一定会比其他人更早一点进入中上阶层的行列。

依赖男人，不如依赖自己

10年前，有一位人气很旺的女明星，在别人羡慕的眼光中，嫁给了一个非常有钱的人。可是他们在经过了10年的婚姻生活之后就分手了，他们分手的原因其实很悲惨。她在那个有钱人的家里，连普通人的待遇都无法享受到，特别是在各个儿媳妇之间，其他人都无视她的存在，她们之间都是用英语交谈，因此就算她想加入她们的谈话，也是无能为力，只能恨自己以前没有努力学好英语。

小的时候，我们看到灰姑娘的故事时，主角虽然天天被继母和姐姐们欺负，可是最终还是遇到了能拯救自己的白马王子。但是这故事到了结婚时的场景就结束了，并没有写出他们结婚以后的生活。你们想一想，一个平凡的女人嫁给了一个皇室的贵族，之后他们能生活得幸福吗？

不要只顾眼前的王子，先要看清自己本来的情况，以及在你和你的王子周围的人和事物，之后再考虑结婚的事。虽然目标很明确，但为了达到目标所经过的路程可能会很艰难。不过只要你能忍耐，忍耐，再忍耐！朝着自己的梦想一直前进，就会得到你想要的一切。

我们生活在"无论什么样的人生，只靠努力就能生存下来"的时代。只要节省以及存了足够多的钱，就能变成有钱人。如果你已经开始为了自己想过的生活而努力，那你已经有一只脚踏在了成功的路上了。

你想要变成才智和美貌兼备的人吗？才智是只要通过努力，就可以拥有的；美貌其实也是可以通过金钱及技术就可以得到的。世界那么大，要做的事情那么多，不要再盲目等待着白马王子或者是中头彩来改变你现在的生活了，现在就开始努力学习吧！不要坐着等待，开始向成功的道路奔跑吧！那样就可以跟你心仪的白马王子一起创造更美好的未来了。

Part **4**

为了**自己**将来的**幸福**，
一定要知道的**投资方法**

66 只是纯粹地储蓄，踏实地度过每一天，这样的你是不可能变成有钱人的。你还要比别人更加努力地搜集、运用关于理财的情报，这样才能变成有钱人。你应该慢慢地让自己去了解各种金融投资工具以及学习如何运作它们。虽然刚开始的时候会感到很艰难，但为了赚更多的钱，认识金融工具是必需的！只有了解了有关投资的知识之后，才能百战百胜。99

经济类书报杂志中，
有通往富裕的道路

在储蓄到一定程度之后，
就加入到投资的行列中吧。
同时我们应该了解经济的周期性
以及自己投资标的的产业周期。

有句古语说道："知己知彼，方能百战百胜。"我们要根据未来的梦想以及自己现在的情况分别做两个财务计划。可以先把自己未来之梦的财务计划做出来，再根据自己的实际情况做一个与前者模式差不多的财务表，了解了这两个方面的内容，接下来的步骤，就是去了解经济社会是怎么运作的。

一个人不可能一辈子都只在存钱。在金钱储备到一定程度时，拿出勇气来，用你积蓄的一部分来进行投资吧！要想在投资方面获得成功，就得先学会扩大自己的眼界，不要拘泥在本国的经济范围内，而要先了解国内和国外的经济周期，再了解你投资标的的产业周期。

你也许想，我们又不是什么经济学者，为什么我们要了解经济周期以及产业周期呢？这对于我们来说可能是很困难的事，但是有个方法可以很容易地解决这个问题，那就是之前提到过的，要养成看经济方面新闻和书报杂志的习惯。

＊ 你一定要知道的经济名词

在那些冷僻的经济类词语里面，可能有大多数你都不知道它的意义，可是对于"利息"这个名词，你难道不觉得格外熟悉吗？"利息"的意思不就是多出来的钱吗？

假设你的每一个朋友都很有钱，意味着他们的结余资金都很多，当你急需资金的时候，也许他们会很乐意，二话不说就借给你。但如果你在向一个朋友借钱的时候，他向你提出了加一点点利息的要求，你一定会觉得这朋友太没有人性了，也许会越想越生气，转而另找一个不会向你要利息的朋友去借钱。因为对你而言，要找到一个能提供资金给你又不收利息的人是很容易的。

如果现实中的情况是这样的那该有多么好啊！可是现实就是现

实。就像你生活艰苦的状况一样，你的朋友也过着艰辛的生活。虽然你很需要资金来应急，但是你周围的朋友也可能同样需要钱。像这样东奔西走地借钱，到最后还是只能去向那些财务公司借钱，他们的利息可是高得吓人。

如果在市面上流通的资金多了，钱币的面额就会贬值，利息也会降得很低；相反的，如果资金流通减少了，钱币也自然就会升值了，利息也会随之上升的。

除了"利息"以外，我们还得要知道的名词是"需求"以及"供给"。**假设多余的钱是"供给"，那么你所需要的钱就是"需求"。如果供给超过了一定的限度，那么钱币就会贬值，利息也会减少；假如需求大，钱的价值也会增加，利息就会上升。**

如果1997年底的亚洲金融危机没有爆发，也许我们的生活就不会像现在这样了。从前韩国的银行提供超过10%的高额利息，在爆发了金融危机以后，从2000年开始，银行的利率下降了5%。这也导致了现在存在银行里的资金流动得很厉害，使得股票及不动产的价格被炒得很高的情况。

因为不动产价格上升的速度太快，所以为了调控市场，政府就把贷款利息提高了。这让那些贷款买房子的国民们，对高额的利息感到负担很重，因此不动产市场就开始萎缩了。所以到现在为止，韩国的不动产正处于比较稳定的状态。

还有一个需要了解的名词就是"债券"。**如果你预估到贷款的利息将会被下调，马上转而投资债券，那可能会赚到比预想中还要多的钱。**在利息从20%很快降低到5%的金融危机期间，那些投资债券的人，所赚到的利润是他们最初投入本金的几倍甚至更多。

你难道不会这样想吗："要是早一点出生，再努力地存钱，在预期利息要降下来的时候，把那些钱投资到不动产、股票或者是债券，现在自己可能已经变成了年轻有为的富婆了！"

* 了解经济趋势，你才能赚得到钱

经济类读物不仅会刊登过去发生的那些不太好的事情，也会刊登专业人士对于现在情况的分析及对未来的看法，类似以下暗示将来会发生某些事的语句："因为经济效益不太好，所以现在的资金流动方面出现了一些问题，因此政府开始把关于钱的政策放宽了一点，或是还要下调一点利息。"

奇怪的是，有很多事情在报纸上登载了之后就真的发生了，利息就像变魔术一样，一下就掉了下来。**这时要是你能预先判断出利息会下降，在那时就先把钱投资股票或是债券的话，也许你就能赚**

到一些钱。

相反的，假如在经济类读物中刊登着"现在的流动资金过多，政府有可能会重新考虑一下钱币的价值，而将利息提高"，看到诸如此类的话语，政府就会仔细研究，如果觉得可行的话，之后会很快将利息提高。这时，如果你事前就预想到了，然后马上把现存的股票或基金卖掉，再还掉一部分的贷款，这样即便你光是坐在家里玩，钱也会自动找上门来让你赚的。

刚开始想学理财的二十几岁的女人们，也许对于这样的经济学原理不是很能理解。但是你难道不是因为希望更有效率，赚更多钱才开始阅读这本书的吗？如果你只在考试的前一天才用功地看书，这样能使英语和数学得到优异的成绩吗？**其实对于理财的学习，也同英语和数学一样，只有靠努力地学习以及慢慢地累积才能取得好成绩。**

上班前，你可以一边化妆一边听新闻，下班的时候在地铁或是巴士上，你也可以读一读报纸上那些有关"经济社会是怎么运作"的话题，这样你就能很容易地学会经济方面的知识。如果你有多余的时间，就多参加一些由金融机构主办的相关课程，适当地学一些关于经济周期或是其他有关经济原理的课程，这也是一个明智的学习方法。

存下第一桶金，
像命一样重要

不要老是说"从下个月就开始存钱吧"，
之后却将这件事给忘得一干二净。
就从现在开始，去银行把钱存起来吧，
只留一点点让自己用来消费。

  刚步入社会不到3年的A，一个月刷卡就至少刷掉了100万韩元（约人民币7 000元），所以先不说储备金了，就连账本都是负债累累的。而跟A一起进入同一家公司的B，却是每个月都坚持存100万韩元到银行的户头里，因此3年之后，她定期存款达到了3 830万韩元（约人民币26.81万元，年利息为4%）。大家可以好好地想一想，理财的时候，在起跑线上比别人晚一步，那会产生多大的差距啊？！

  由于B辛苦地存下了钱，因此会认为最初存到的3 830万韩元就跟自己的生命一样重要。这时她会仔细考虑，是拿这些钱买一辆车呢，还是盲目地进行投资，学别人炒股票呢？如果要先买车，就得好好想一想分期付款金额，然后再买一辆与自己财务状况相符的车。若是想进行投资，即使现在是低利息的时代，但在投资股票的时候，还是要慎重一点，查一下电脑资料后再去投资。

但是A却完全不一样。因为她还没有了解到金钱的重要性以及存钱的快乐，所以会一直盲目刷卡消费的可能性很高。跟A很相像的这一类人，是很容易轻信他人推销的。如果推销员对她说"这车不错，大家都喜欢"这类的话，那她就有可能会相信销售人员带有诱惑的话语，轻易地认为中型车比小型车好，也许还会当场就把那辆车买下来。

后来当A知道B的存折里已经有了几千万韩元之后，就开始嫉妒B比自己有钱。这时A开始有点心急了，因此当她听别人说XX投资项目比较有投资的价值后，就马上去银行贷款，盲目地开始了投资。A知道那些不是自己的钱，所以心里也非常着急，可是往往越急就越赚不到钱，投资失败的概率也比赚到钱的概率更高。随着时间的流逝，A和B的资产差距也就慢慢越拉越大了。

从她们对金钱的态度，可以很明显地看出她们对事情的态度存在着很大的差异。也许我们会认为B会坚持认真上班，所以很可能她的工作效率比A高。当A因为某些理由，对自己的工作产生不满甚至选择离职的时候，B会耐心地将这些问题克服掉，最后可能就会像利息的上涨一样，B比A来说更可能有机会升职。那么理所当然，B的年薪会比A高，这就连资产的规模都完全不一样了。

* 存钱要有恒心

你可能觉得在你的身边还是有出身于富有家庭的人，所以不用担心钱的问题，有钱的朋友会借钱给你的，可是也应该想一想在你身边的那些平凡朋友吧。二十几岁是所有人的人生起点，不管以前大家学了些什么，其实都是差不多的。

在你埋怨自己的父母没有钱之前，先埋怨自己没有拿到好学校的学位证书吧。我们应该好好地确立自己的人生目标和方向，再一步一个脚印勤奋地累积金钱和知识，借此来提高自己的水准。虽然上帝没有让你一出生就当上有钱人，可是经过你的努力，在你30岁、40岁、50岁的时候，就可以从你的朋友们身上看到你们之间的差距，他们都会向你投来羡慕的眼光。

存钱就得有恒心。就算地球毁灭了，你也得牢记把钱定期存进银行的日子。要有这样的精神：不管利息低还是高，都要定期存钱到银行里，这是一定要坚持的习惯。不要老是说"从下个月就开始存钱吧"，之后却将这件事给忘得一干二净。你就从现在开始，去银行把钱存起来，只留一点点让自己用来消费。

现在的你是否有一个银行存折，你是否这样打算，如果存折里扣除了每月的各种税金以及清偿信用卡贷款的钱，还有一点点多余的钱，那么你再一点一点地去累积。这样打算的你在过了一段时间以后，有仔细地整理你的存折吗？

目前活期储蓄存款的利息也不过是在0.1%～0.2%。假设它的利息是0.2%，你存100万韩元（约人民币7 000元），1年后的利息也只有2 000韩元（约人民币14元）。如果用10万韩元（约人民币700元）的零花钱去投资金融商品，只需一天就能有4%利息的高回报；或是有这样一个自助银行，不仅可以自由地存取款，还包含有各种税金和信用卡还款的钱，难道你不觉得这才是理想的生活吗？

* CMA帮你灵活运用存款

只需要买一次金融商品就可以在存折里得到高利息的理财手段，那就是CMA（Cash Management Account，现金管理账户）。CMA就是在开户的时候存入现金或有价证券。（编者注：在我国已有多家银行开始这项业务，这项业务以往只提供给企业，现在也开始提供给市民个人。CMA比较适合上班族工资管理、生意人往来资金管理、投资人间歇期资金管理等，能根据市民的设定自动实现活期转定期，也能通过自动转存的通知存款服务，使市民在保持资金流动性的同时，获得相当于活期存款利率1.2～6倍不等的利息收益。）存入现金的客户除了可以获得利息以外，也可用以兑付支票，清偿信用卡贷款，事实上，它还兼具活期存款、储蓄存款、自动清偿票款及融资等业务功能。它没有时间上的限制，就算你只存一天，也会有意想不到的收入。

那CMA到底是怎么运作的？你可能会想"光是去银行都那么麻烦，如果只是为了那一点点钱还得跑来跑去的，那还不如不去搞什么CMA呢！"可是理财就是从一点一滴的实践中开始的。

CMA是一个存了钱就有4%利息的账户，在工作时间之外不用手续费就能取到现金（编者注：韩国的银行打烊之后用ATM机取钱，不论是否跨行都要付手续费），如果允许，你可以在账户里存入5 000万韩元（约人民币35万元），那这些钱就能受到保护法的庇护了。所以CMA对于理财是非常有好处的，而且还很便捷。

但一定要知道，在办理的时候不要去银行办理，而是要去东洋综合金融公司办理。虽然在银行里也能够办理与东洋综合金融公司联系的CMA，却不能办理活期储蓄账户的ATM。（编者注：在我国以工商银行为例，想开通"利添利"的现金管理账户非常方便，只需携带有效身份证件和活期存款账户，到工行柜台签订"利添利"理财协议，就可以享受现金管理服务了。）

除了从CMA户头里提取月薪，各种税金以及信用卡贷款也都可以从这个账户中扣除。还可以暂时把一定金额的钱当作紧急资金或将剩余资金寄存起来，只使用一小部分的钱，你可以把这些小钱都存入这个高利息的CMA账户中。

现在，韩国的金融机构里，1个普通客户可以享受到最高5 000万韩元（约人民币35万元）的定期存款及其利息的保护，而东洋综合金融公司的CMA，可以保护你的活期存款，但在证券交易中心办理的CMA活期，就没有进行任何保护。但如果在你的公司或你家附近，有那种财务状况很好而且很有信誉的证券交易中心，你就不需要因为要去现金交易所而避开证券交易中心，你还是可以在那里办理的。要是我，就会在那里开一个CMA账户，再将资金用来购买收益好的基金，然后就可以坐在家里等着数钱了。

* 选择适当的存款种类

你知道不同的存钱方式之间到底有什么差异吗？存钱有一种

方式是，把一定金额的钱转到一个账户内存上一段时间，到满期为止都不从这个账户中取钱出来而一直放在里面，这就是定期性存款，一般的定存存期最短为1个月。利息领取方式可以是每月领取或是在定存到期了以后一次全部领取。而若选择到期续存，期满之后本金和利息又会自动地像前一期一样存入，非常便利。

另外，存钱还有一种方式。当你想要存点钱的时候，还可以用最普遍的活期性储蓄形式来存。比如说当定期性存款到期时，你可以将本金和利息一起再转入活期性存款。但是现在有一种趋势，很多人会拿钱去办理一个自由累积式储蓄的账户，只是开此账户最少需存入5万韩元（约人民币350元）。（编者注：和银行约定期限内，客户可不定期、不定额存入本金，但利率与定期储蓄相同，我国目前没有银行提供类似的商品。）

定期性存款和自由累积式储蓄的利率都是一样的，只是后者的存款日期和金额没有限制。因此，**如果你每月暂时没有用到的钱比较多，而且资金的流动性较大，那么你不妨考虑一下自由累积式，但如果你要存的时间是在6个月以上，60个月以下，还不如以年为计算单位进行有计划的存钱，这样算下来的利息要高得多。**要记住，储蓄存期1年以上的存款还可以享有优待税率。（编者注：我国并没有这项优待税率。）

✳ 绝对不能小看税率和利率

税收是受到国家保护的一项安全及便利的维持国民公共生活的经费，如果你能这么想，有很多事情就会变得很简单了。像是购买房地产，要向国家递交申请办理相关手续时的登记税和所得税；卖房地产的时候，还得上缴产权转让所得税；还有就是从父母那里不花钱就拿到的房地产，即父母白白给你的，你还得缴继承税和赠与税。

这时你也许会想，自己的父母经过一生努力，赚钱买来的房地产，日后自己理当自然而然地继承，干吗还得交钱来买自己家的房地产？虽然这听起来是很无奈，但你还是要缴税。缴税是每一个公民应尽的义务，**不论你是努力赚来的钱，还是不劳而获的所得，都是要缴税的。**

你肯定听说过"免税"或者是"优待税"吧。这是投资金融商品时，课征利息收入的税金。"税金？一看就头疼，跟我没一点关系。"如果你曾经这么想过，那现在应该马上将这个想法丢掉。金钱，从很小的地方就能看出很大的差异。

韩国的税率和限制

项目	税率	限制
一般税	15.4%	金融所得综合税限制（利息和所得4 000万元以内，且现金资产达到了10亿元）
优待税	9.5%	一个人全部的金融资产合起来，在1万～2 000万元都可以加入
优待税（6 000万为止）	9.5%	老人（男性满60岁，女性满55岁），残障人士，有特殊工作贡献者，枯叶剂患者，独立运动有功者，"5·18"运动负伤者及其遗族及家属，低收入户
水产合作社，单位工会，信用社，新型村金库	1.4%	每人上限2 000万元（2008年12月为止）
生存型免税	0%	老人（男性满60岁，女性满55岁），残障人士，独立运动有功者，枯叶剂患者，"5·18"运动负伤者，需要基础生活保障的人，低收入户等等，每个人3 000万元存在银行一天也免税（中途解约也是免税）
免税	0%	在银行储蓄了7年以上的长期购买住房储蓄（最高不超过300万元），购买保险公司10年以上的储蓄型保险（金额没有限制）

注：1.不同的金融机构在5 000万元内的储蓄保护条款（例如7 000万元的钱，如果在A银行3 000万元，B银行4 000万元分开储蓄，那么就可以受到全额的储蓄保护）。

2.单位为韩元，1韩元约等于人民币0.007元。

3.枯叶剂患者、独立运动有功者、"5·18"运动负伤者皆是于不同的国家战役中有功于国的人，因此韩国政府会给予他们特别的照顾。

举一些数字来比较一下税金吧！下面是每月存100万韩元（约人民币7 000万元），定期存款3年之后的情况，利息是按4%、5%、6%来算的，按各种不同利率将利息税的部分去掉后，实际能拿得到的全部金额。

3 年每月存100万，按不同利率和税率所得到的本利和

利率	普通税 (15.4%)	优待税 (9.5%)	低率税 (1.4%)	免税 (0%)
4%	37 953 274	38 089 495	38 276 510	38 308 834
5%	38 465 928	38 637 901	38 874 001	38 914 808
6%	38 988 736	39 197 170	39 483 326	39 532 785

注：单位为韩元，1韩元约等于人民币0.007元。

利率为4%的存款中，以普通税算出来的37 953 274韩元（约人民币265 672.918元）和免税时的38 308 834韩元（约人民币268 161.838元），相差约为355 560韩元（约人民币2 488.92元）。可能你会想，免税与不免税相差不算是很多，但是你想一想，每个月在你的账户里可以多出来一些钱，可以用这些钱买一件好看的衣服，这是多棒的事啊！

而更重要的，是和税金以及利息都有关系的定期存款的金额。假设你已经了解到这方面的微小差异，在3年前，你找到了一种免税的金融商品，你开始每月存100万韩元（约人民币7 000元），那现在本金就有3 600万韩元（约人民币25.2万元）。若按6%的免税来算，那到最后你的本利和就是39 532 785韩元（约人民币276 729.495元），和利息4%又要缴普通税的存款相比，足足多了1 579 511韩元（约人民币11 056.577元）！

　　如果能够凭空多得1 579 511韩元，难道不觉得钱来得太容易了吗？157万可是一个普通上班族努力工作1个月的薪水呢！努力地存钱3年，你就可以用这些钱作为奖励，让自己去海外旅游放松一下，就当是给勤奋的自己一份礼物吧。

　　可是根据调查，在现存的金融商品之中，3年都免税的商品是不存在的。如果你的父母年龄都超过了60岁，就可以用他们二人的名义贷款6 000万韩元（约人民币42万元。一个人贷款的上限为3 000万韩元）的生存型经费，这是免税的哦；个人申请也能得到1 000万韩元（约人民币7万元），这是1.4%的低率税，是由金融机构对于农业及畜牧业等工会的鼓励型贷款。

　　免税的金融商品都是以较长年份为期限的，你在这期间无法取出金钱，所以对需要存钱的二十几岁的女人们来说要慎重考虑。因为二十几岁的女人对于结婚、留学等事情都还有很多的变动，所以对于许多金融商品的投资，中途都有可能会因变动而终止，届时可能会连本金都损失掉一些。

＊ 如何少交一点税，多得一点利息？

假设C跟D是一起大学毕业、一起求职、一起踏入社会的两个好朋友。C在某一天的中午，去公司附近的银行办事，在业务员的极力推荐下办理了一个4%利息及15.4%普通税的存折。而D在空闲的时间里，通过网络找到一些关于金融机构的利息对照表，并以她父母的名义，办理了有6%利息的第二金融机构商标储蓄银行的生存免税型金融商品。C和D每个月都存入100万韩元（约人民币7 000元），3年之后，C定期存款的数额是37 953 274韩元（约人民币265 672.918元），而D的定期存款金额是39 532 785韩元（约人民币276 729.495元）。

两者相差1 579 511韩元（约人民币11 056.57元）这么一大笔钱，但再过3年以后，C和D就完全不一样了。C是以本金37 953 274韩元再加上那4%的利息，到了期满之后总金额就变成了42 039 779韩元（约人民币294 278.453元）。另一方面，D的本金是39 532 785韩元再加上免税6%的利息，她最终就能拿到47 308 114韩元（约人民币331 156.798元）。这样算下来C和D之间的差异就是5 268 335韩元（约人民币36 878.345元）。

虽然她俩一同踏入社会，一起开始存钱，可若像C那样盲目地存钱，你就会眼睁睁地看着理财高手的钞票，随着时间的流逝从几百万变成数千万元，而自己的存款却老是没有多大的变化。我们试想一下，老了之后会变得更幸福的，到底是缺少金融知识的C，还是勤劳聪明的D呢？肯定是花很多时间学习金融知识的D所过的生活更幸福。

从前觉得不怎么重要的利息和税金，现在你知道它们的重要性了吧，那就从现在开始好好学习。**初期存钱的时候，我们应该选一个适合的金融商品，再计划一个能使自己少缴税的策略。**想要变成一个让众人都刮目相看的女人，最基本的就是要知道节省以及储蓄，还有就是比什么都重要的——对理财资讯的关心。

* 根据自己的能力制订理财计划

单身的女人想要赚大钱，就得照下面来做。

第一，先制订一个符合自己实际情况的目标金额，以及定期的

原始本金；

　　第二，在了解金融商品的特性和税金的优惠限度等问题之后，再开始进行投资；

　　第三，如果你感觉某个商品中途有可能会失败或者会造成一定的损失，那就绝对不能把钱投资进去。

　　也许你会觉得那些在银行里上班的人，他们了解的金融信息比自己多，所以就会很相信他们的话，如果你是这样想的人，那你一定赚不了多少钱。因为**有些银行雇员不会按照顾客的实际需求情况来介绍商品，而只顾着增加自己的业绩，于是往往劝顾客买进对他们雇员自己有好处的一些金融商品，其中还不乏一些会有损客户利益，容易产生亏损的商品。**

＊ 别盲目听信专家的意见

　　如果了解现在的利息，那就做一个属于自己的计划吧。几年之间要存下多少钱？对要从月薪里拿多少钱来储蓄等问题要有清楚的认识。不要问"该拿百分之多少的月薪来储蓄"的问题。若专家们说，把月薪的40%～50%来储蓄，你就要盲目地这样做吗？可能有很多人因为留学或是提升自己而过着苦日子，还得供养父母和弟弟妹妹的也不少，各位正在读这本书的二十几岁女人们，现实生活中的情况其实是各式各样的。个人的情况专家并不了解，只有自己是最清楚的。

我对顾客的意见是，**刚开始要管理财产的时候就要知道投资的方向。如果不知道属于自己的投资方向，就去附近找一家金融机构咨询一下，然后再制订一个属于自己的计划。**

把一个月用的生活费、卡费、进修费等费用罗列出来之后，就能得出大概的储蓄金额。花钱太凶的人就会没有储蓄甚至金额变负数，而节俭的人存下的钱就跟月薪差不多。

没有储蓄额或者储蓄是负数的话，就先找一下原因吧。 看一下生活费和卡贷之后，再想一想对策。到底问题是什么呢？虽然不时会有花钱较多的情况，但大部分的情况都是因为盲目的消费习惯。

知道自己的储蓄金额，就自然能找到目标，有目标就能在了解现在的利息和税金后确定储蓄方法。 如果是为了自己未来的发展而支出了很多关于学业的经费，我也没有什么要说的，只能羡慕你有那样的勇气，并祝你成功！

了解自己就能百战百胜。 我所遇到的有钱人，绝对不会盲目依照我的话去做，而是会在听了指教之后，来参考自己的情况而已。因为最了解自己情况的人就是自己。

5年内买到房子的秘诀

请约储蓄的最大魅力就是可申购住房，
现在还在继续发展。
从现在开始，如果再勤奋一点点的话，
5年内就有可能买到房子。

准备买房子是一件很重要的事。但是韩国的房价非常高，特别是像首尔这样的地方，那里的房子，以我的情况也只能停留在"我把月薪全部都存起来之后，才能买一套房子啊！"这种空想的程度。

虽然人都会想，房子可以等结婚后再买，可是想在韩国立足的话，在买车、选结婚钻戒之前，就得先买房子。不管你这几年要结婚还是不结婚，为了幸福的家，从现在就开始准备吧！那么最快实现买房子的方法是什么？答案就是"请约储蓄"和"不动产抵押贷款"。

韩国的请约存折大概有请约储蓄、请约赋金、请约预金等三种。（编者注：请约存折为韩国申购房屋专有的制度，我国并没有相对应的房屋申购方式）对于二十几岁的女人，我最想推荐的就是请约储蓄。我年轻的时候以为，只要有一个请约存折就什么都可以办到，所以就去了一家最近的银行办了一个请约存折。那时办的请约存折其实是请约赋金，可是从2007年9月开始，因为新施行的法律，对我而言这个存折就变成了无用之物。

那些已经35岁，但还没有房子同时又还要养活很多家人的人，如果之前连一次买房的经历都没有，那么他们申请成功的概率会很高。但如果是申请请约赋金和请约预金没有成功的人，申请请约储蓄的成功概率也比过去小得多。

＊ 请约储蓄的魅力

对于二十几岁的女人来说，请约储蓄最好是以没有地契的户主名义申请，可能一代只能加入一个户头。加入时需要本人的身份证，未满30周岁的情况下，还必须另行缴纳所得税。

如果你现在是跟父母一起生活的二十几岁的年轻女人，那就试着去申请一个成人证明。这个若是不可能，那就找朋友或是亲戚帮

请约储蓄、请约赋金、请约预金的比较

项目	请约储蓄	请约赋金	请约预金
加入条件	没有地契的户主	20岁以上的个人	20岁以上的个人
存款期限	申请到国宅后就可停止存款	2~5年	2年（可以延长）
认缴款项	每月2万~10万（定期定额）	每月5万~50万（定期不定额）	不同地区约定金额（不定期，不定额）
请约可能的房产	85平方米以下租赁国宅、国民住宅（包括民间投资的国民住宅）	85平方米以下民间投资的国民住宅及使用面积低于106~116平方米的民间住宅	106~112平方米以下的民间住宅（包括民间投资的国民住宅）还可申请不同面积住宅
利率	2年以上4.5%	3.3%~4.7%	2.6%~4.5%
缴费单位	韩国国民银行，韩国Woori银行，韩国农协银行	全部银行	全部银行
第一顺序	加入的时间有2年以上，在约定的周期内缴费24期以上者	加入时间超过2年，储蓄额超过不同地区规定的购房预付金额者（缴纳次数24次以上）	加入时间超过2年，达到不同面积住宅所要求金额者
加分制度	依年龄、有无自用住宅、储蓄额排顺序的方式	从2007年9月开始实施加分制度	审查资产

注：1.单位为韩元，1韩元约等于人民币0.007元。

2.请约存折是韩国特有的国宅申请制度，针对拥有账户者，未来购房时政府会有特别的补助。

你办理户主变更，之后再做一个成人证明，不过你必须是一个没有地契的户主。

请约储蓄是每月存2万～10万韩元（约人民币140～700元），并以每5 000韩元（约人民币35元）为一单位，缴费的金额越高越有利。若每月约定缴10万韩元（约人民币700元），在约定的周期内努力存24期以上，2年后就有资格升到优先顺位。

无自用住宅者，在缴费了5年以上的请约储蓄就能晋升VIP之列。缴费时间越长，次数越多，金额越多越有利。有可能在储蓄金额达到4 000万韩元（约人民币28万元）的时候，就能够领到优待税，还可能享受到更多的优惠。

以请约赋金和请约预金可以贷款买一般的房地产，可是请约储蓄可以对国民住宅、民营住宅、租赁住宅任一种申请贷款，所以范围很广。

请约赋金和请约预金的竞争率比较高，而请约储蓄的用户数比较少，所以被选中的概率相对较高。利用请约储蓄还可以负担一间85平方米以下的房子，以最多20%的优惠就可以购买一间房子。

请约储蓄最大的魅力在于未来，政府已经做了一个到2012年为止，50 万户可以长期贷款10年以上的住宅计划。所以从现在开始努力地赚钱，在5年之内买房将不会是一件很痛苦的事。

* 善用不动产抵押贷款

你什么也不懂，光靠请约储蓄而幸运地获得了一间自己的房子又有什么用呢？对于那些还没有一定经济基础的年轻女人们来说，存款并不是很多，就更应该弄清楚自己的实际消费金额以及贷款金额。

不动产抵押贷款是，以不动产来作为担保，用于发行那些10年以上长期房屋资金贷款的制度。先贷后还的制度，就是只花一部分的钱买一间房子。以这种贷款来购房，所花费的是原房价的70%，而且最长贷款期限是20年，最高可贷2亿韩元（约人民币140万元）。在受理此项贷款以后，贷款的本金以固定利息（每年7%，加上所得税等优惠，实际就只有6%），通过10～20年每月以定额来偿还。

总面积在85平方米以下的住宅，还可以按15年以上的长期贷款来分期付款；此外，20岁以上没有房屋或只有1间房屋的人可以获得最高1 000万韩元（约人民币7万元）的所得税优惠。但是贷款时间不到10年的人就不能享受到所得税的优惠政策了，因此我建议尽可能地选择15年或20年的长期贷款，这样才可能有不同程度的优

一般贷款V.S.不动产抵押贷款

项目	一般贷款	不动产抵押贷款
贷款时效	（3年以下为主）	10～20年
利息	利息不定	固定利息
贷出费用	40%左右的现金	70%左右的现金
偿还方法	满期时偿还	每月平均分摊偿还
利息上升期	利息负担加重	没有追加利息负担
利息下降期	利息负担减少	利息负担仍然照旧
所得税减免	大部分没有	满15年以上

惠。不动产抵押贷款的服务只针对有固定工作的上班族，或是私人经营者这类有一定收入的人群，否则是不会发放贷款的。

掌握不动产变化周期，
轻松买房换房

请约储蓄是我一再强调的必要投资手段。

如果已经通过请约储蓄得到了购房的机会，

那就马上准备再申请请约赋金及请约预金吧。

先制订一个能灵活使用请约储蓄的战术吧！早晨在上班路上或是坐地铁、巴士的时候，不要再打瞌睡了，养成看新闻和经济类读物的习惯吧！这样你就能及时了解到某些房市的开盘行情。如果你已经选好了自己心仪房子的大小以及地理位置，就不要再犹豫了，立刻申请请约存折吧。

你可以在信誉良好的金融机构里申请房屋担保贷款或类似条件不错的贷款，之后再申请分期付款及办理请约存折，购置房产的梦想就能实现了。为什么这里也要强调请约储蓄的重要性呢？

＊ 了解房价上涨规律，就有机会赚钱

　　我们来看一下不动产普遍的变化周期吧。通过观察地区（新城市）的开发情况，就可以了解该地区不动产的成长期。**存在已久的旧式建筑重建成新兴的建筑时，这样的交替（再开发，再建）就是不动产的活跃时期。**哪个地区的地价上涨得最高，投资的情况就最突出。

不动产的变化周期

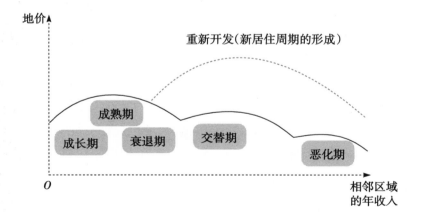

如果是大规模大片区的开发，那么可以预计：在最早的规划阶

段就能上涨一次，动工的阶段又上涨一次，完工的阶段还能再上涨一次，至少有3次大幅度的价格上涨。例如江南地区的再度开发所引起的房地产价格波动，就遵照了以上的房价上涨规律，那些勇于投资的姐姐们就是最大的受惠者。如果她们还办理了请约储蓄并递交了这片区域的分房申请，那就是一个成功理财的神话了。

虽然通过请约储蓄得到了做梦都想买到的房产，但安于现状是不行的，你应该马上办理请约赋金和请约预金的手续。即便你有了房产也可以申请请约赋金和请约预金，这是能将住宅面积扩大到100平方米以上的理财商品，这样才可以获得更好的生活品质。

已经达到了成熟期的不动产，随着慢慢地开发，价格也趋于稳定，可以说已经到达了顶峰。目前在房屋到手之后，最普遍的情况是只住3年。首尔的产权条件是，保留3年以上的户主权并且居住2年以上；而地方上就只是保留3年以上的户主权，并且必须是私人住宅，在6亿韩元（约人民币420万元）以下购买的。如果符合这样的要求，就可以免除房屋转让所得税，这就是利益变大的开始了。

但是，随着时间的推移，不动产也慢慢地到了必须修理以及妥善管理的衰退期。另一方面，成长期或是成熟期时高收入的居民们也转移到了别的地区，所以会渐渐变得冷清。现在再看看那些很有名气的房地产情况，它们的价值非常高，可是相比之下，真正住在里面的人大部分都不是房屋的所有者，有很多都是租房者。

　　如果一开始就办理了请约预金，那么你完全有机会可以像那些高收入的房屋所有者一样，拥有宽敞的房子。凭借着这样的理由，对于刚刚踏入社会的人来说，请约储蓄是十分必要的，一旦你获得了批准，那就要马上去申请请约赋金或是请约预金了。像某些聪明的夫妇，在老公去办理请约储蓄的同时，老婆就去申请请约预金或是请约赋金为未来做准备了。

利率下降之前，
你应该投资债券

购买债券就像是借钱一样，有本金和利息。

你还可以通过提高信用度，

或是通过利息的变化来获得利益。

债券是政府、金融、工商等机构直接向社会借债筹措资金，并向投资者发行，承诺按一定利率支付利息并按约定条件偿还本金的债权、债务凭证。**债券的本质是债的证明书，具有法律效力。债券购买者与发行者之间是一种债权债务关系，债券发行人即债务人，投资者（或债券持有人）即债权人。**

这种话似乎很难理解，听了都头痛。但简单地说，购买了这个企业所发行的债券，就表示这个企业向你借了钱，而你就是债主。因此，当你收回钱来的时候就不只有本金了，还要再加上利息。站在企业的立场上，债券可以说是它们负债的借条。

＊ 什么是债券？

在我的朋友中，S和T都是企业家。S是在全世界范围内都被广泛肯定的一个人。相反的，T有过几次公司倒闭的经历，这个人现在又想重新开公司了。还听说T欠了很多人的钱，而且都没有还。

为了筹集企业所需的资金，S以10%的利息来筹款，而T是以20%的利息。若是你，会把钱借给S，还是T呢？大部分的朋友可能都会借给S，虽然利息没有T的高，但是S一定会还钱给你。但是你也有可能因为T一直恳求你而心软，所以不管他能不能还债就把钱借给了他。但让人意外的是，T开办的企业这一次居然成功了。于是，T不但还了债，同时还提高了他在朋友之中的信任度。之后T就不需要像之前那样以高利息作为诱饵来向朋友借钱了——就像S那样，就算是利息低一点也能够借到钱来流动资金了。

这时有个朋友见到我们这些"债主"收钱收得手发软，于是就向T提议：把现在公司的所有债券卖给他，他则帮还完所有的债务，再提供一些优惠。T觉得这些条件还不错也就答应了。

这就是债券的魅力。投资债券，通过利息收益和信用度的提高，还可以得到意想不到的好处呢。企业一般都是这样的：**信用度越高的反而利息越低，信用度越低的利息却越高。拿信用度及安全性相比的话，利息的变化幅度越大，投机的可能性就越大。在利息走低之前就投资债券，可能会比投资股票赚得更多。**

　　亚洲金融危机的时候，韩国企业及其他机构的信用度低得让人无法想象。韩国的国债不管是以多么高的利息发行，国外的投资者们都还是不愿意购买。但是若在那个时期内购买到韩国发行的国债的国家或是投资者，在韩国安定后，利息降下来时，反而能得到很多利益。

选择正确的投资工具

如果怀着好奇和急功近利的心，

投资了一些自己都不怎么了解的股票，

那么失败是必然的，只能怪自己没有研究清楚。

"三个韩国人在一起就只知道玩花牌"。人是好赌的，就算知道可能会亏损，但还是要去投资股票，原因就在于人们天性喜欢赌博吧！

这让我想起了一句话：**投资股票就是资本主义所创造的最高境界的娱乐**。股票市场是政府认可的顶级的赌博场所。走错一步，投资失误的话，别说本金，就连一分钱也不会留给你。但如果在正确了解市场后，好好地按照投资原理走，就能从投资股票中得到高报酬。

很多人都说，以股票为投资对象是很危险的。**因为在股票市场上，投资失败的人比赚到钱的人多很多。** 曾经，韩国股票市场的确是像赌博场所一样，大家都急功近利，非常的混乱。

但是近期的股票市场开始起了一些变化。就像储蓄一样，有很多人开始以投资股票来赚钱。例如，有很多投资专家都比较看好收益稳定，利于长期投资的绩优股。

* 个人投资失败的原因

股票就是股份制公司分给股东，以证明其所购入股份的一种有价证券，它可以作为买卖的对象或是抵押品，是资本市场上长期而主要的信用通货之一。股票代表着其持有者（即股东）对股份公司的所有权。这种所有权是一种综合性的权利，不仅有权按照公司章程从公司领取股息以及分享公司的经营红利，还有权出席股东大会，选举董事，以及参与企业决策的经营与管理。

股票不是投机而是一种投资工具。 若是了解正确的投资方法，你就可以长期地利用多余资金来进行这个快乐又不会损失，且还有可能赚钱的投资游戏。

平时从不关心股票方面的事，但听别人说综合股价指数上升时，也会对股票有一点动心，当股价下跌时又会产生"幸好没有买啊！"的想法。在股价上涨的时候，一窝蜂地争相购买，在股价下跌的时候，又信心动摇想卖掉，但如果中途放弃往往会损失更多。

大部分个人投资者失败的原因，多在于开始就对本金的亏损产生了不安的情绪；其次就是太急功近利，希望在短时间内就赚到很多钱；第三是太相信市场上一些所谓的调查结果，而且很容易就被别人动摇。

股票投资者的投资模式

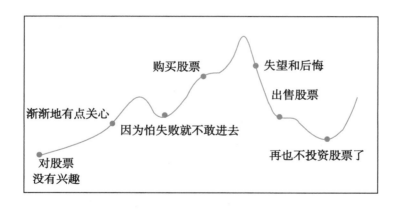

＊ 韩国股票市场的现在和将来

当那些还不了解股票投资真正规则的个人投资者，正苦闷于自己亏损的时候，韩国的股票市场并没有因此停下脚步，而是一天又一天地不断壮大发展。几年前大家都不太清楚的共同基金，现在也变成了许多家庭所熟知的金融商品，购买共同基金的人也越来越多了，引起这样变化的根本原因到底是什么呢？

第一，由于金融理财变得更为普遍，大家都越来越有经验，而且高利息的时代已经过去，现在变成了实际利息为负的低利息时代，很多人已经开始担心自己年老以后的生活。特别是储蓄这类储存性资产，具有价值随着物价的上涨而下降的危险性，理财效果很不理想。

第二，投资市场里需要持续流入资金。在理财的过程中，最大的话题就是不动产投资以及政府的税收等问题了，如果还期待着过去的待遇，那就变得很困难了，于是越来越多的人从投资不动产转移到了投资金融资产。

此外，2005年12月韩国开始施行的退休金制度，使巨额的资金被保留了下来，所以股票投资比率也就越来越高，股票市场的基础也越来越坚实了。还有每个月的基金以及各种保险等上市公司的出现，也导致了许多资金的流入，而很多长期资金的注入也是一大因素。

韩国实际利息表

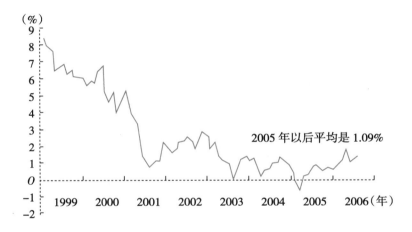

2005 年以后平均是 1.09%

注：实际利息 = 利息 – 物价上升率；资料来源为韩国银行。

曾经有一段时间，储蓄算是最好的理财工具，但是在亚洲金融危机之后，利息的持续下降以及物价的上涨，导致了资产的价值越来越低。最近韩国的股票市场也变得像金蛋一样备受瞩目，也就是说，现在理财已经从储蓄时代转变成了投资时代。

投资股票很有可能在一开始就造成本金的亏损，但是，如果你投资的是安全性较好的公司股票，并打算做长期投资的话，就能在低利息和物价上涨的时代获得收益。

* 没有永远绩优的股票

有很多人都说"女人对于投资很不内行"。可是从韩国江南区的投资情况来看，大多数是女人在投资。实际上，在股票投资市场上也是女性比男性赚得多。男人们是用小钱来进行短期投资，赚了一点后就开始贪心了，于是再贷款去投资。但是女人可不一样。

她们就像事先准备好了充分的子弹一样，先在银行里存一些钱为以后做准备，是在有了一点资产后再开始进行谨慎投资的。像那种在投资的时候本金亏了，不知道要被套到什么时候，不知什么时候股票会反弹的情况，她们经历的都不是太多，反而是得到的投资收益在自己期望之上的情况更多些。

处处小心的女人，投资股票的第一原则就是长期投资绩优股。但是，市场上没有永远的绩优股，有一次或是几次在股市里是绩优的股票挺多，但是在5年、10年以后也还是绩优的股票却是凤毛麟角。

在赢家和输家喜悲交加的股市里，要保障绩优股长期而单纯的存在是不太可能的。听取了金融分析师以及理财专家的建议后再进行投资，这样就能较安全地赚钱。当然，你也可以保留一部分自己看好的股票。

10 年前和5年前股市绩优类股

区分	10 年前绩优类股	5 年前绩优类股
市价总额维持在20名内的类股	8 种 ● 三星电子 ● 韩国电力 ● 浦项钢铁 ● SK炼油公司 ● SK电信 ● 现代汽车 ● S–OIL炼油公司 ● 外换银行	9种 ● 三星电子 ● 韩国电信 ● 韩国电力 ● 浦项钢铁 ● 韩国烟草公社 ● SK电信 ● 现代汽车 ● 国民银行 ● 海力士半导体

绩优股的评判标准，是随着商业竞争和股票市场的变化情况而改变的。在经济繁荣期，企业的效益好，利润比其他企业多的公司的股票是首选；当经济不好，企业资产价值下降，投资的股票对象就应当换成资产价值优秀的企业了。

为了进行长期的投资，就得了解未来市场的价值重心会放在哪些方面。**现有财务状况良好的企业，负债比率低的企业，资产持续增加的企业，以及在自己企业所属领域里市场占有率较高的企业……都可以说是绩优的企业。**

举例来说，现代汽车（Hyundai）已经完全主宰了韩国的汽车市场，三星电子（SAMSUNG）的企业价值也超过了日本索尼（SONY），三星电管（SAMSUNG SDI）的 PDP（Plasma Display Panel，等离子显示器）一样拥有了世界领先技术的显示屏幕……在超市等候结账的时候，与其发脾气"什么时候算得完啊！"还不如就在那里上网查一下企业价值的动向，了解一下行情来打发时间。

在看到"我只吃辛拉面！"这类的广告宣传词之后，要更进一步了解其产品销售的情况，以及它的股票价值。对于一个企业来说，不管是形象还是财政建设，最重要的还是要努力了解这些成长型企业的构成，并且要有收获。

＊ 用功挖掘企业的投资价值

一个以出口为主的企业接了大型出口计划时，或者一个企业的财务状况变好一点时，或者某个企业和大财团或好公司合并的时候，又或者有的企业研发出新技术的时候等情况下，这些企业的股票就会开始上涨了。

　　如果你比别人早发现这些企业的投资价值，就可以轻易地找到成功投资股票的方法。但是现实中，个人投资者相较于外国投资者、专业投资者在技术、技巧、情报数量以及资金等方面都有着巨大的差距，且抛开以上这些不谈，光是在时间的利用上就不如别人了。

　　外国的投资者和那些专业的投资者，除了吃饭就是收集情报，除了资金，就不会想其他的事，只是在想拿着这些资金往哪里投资等有关的经济问题。我们公司里的那些人，一天24小时都在努力地工作，与此同时，他们关注的其他方面就只有世界股市的动向，仔细地分析企业。而在股市大热，大家都争相进场的时候，他们却按兵不动，还真是猜不透他们呢。

　　在现实生活里热衷于提升自己能力的年轻女人，**想要找到一只绩优股并进行长期投资可不是一件容易的事，必须要长期努力地去了解有关股票投资的技巧，以及累积经济知识和经验。**以我为例，我没有直接在自己的投资物件里得到过很高的报酬。后来才发现，问题在于自己的贪心，以及盲目听信别人的推荐，在自己还没了解清楚的情况下，就胡乱投资。

5 个一定要遵守的投资原则

1. 不要轻易触碰投资买卖的底线；

2. 在股票低价的时候买入，等它达到了一定的涨幅就马上卖出，如果非要等到最高点的时候才舍得卖，是非常危险的；

3. 建立一个属于自己的投资信息网络，别再听外面的那些小道消息了，那样失败的概率更大；

4. 不要碰老是没有长进的股票，参考一下购买人比较多的股票再投资；

5. 在冬天的时候买草帽。在低价的时候买进股票，然后等待它上涨。

＊ 别买自己不熟悉的企业的股票

如果想要挑战投资股票这个游戏，那就当作是买了一件数十万元高档而华丽的衣服，或者看作是花了数百万元去海外旅行了一次吧！**在小心谨慎地投资，获得收益之后，要先将这些所得放进存折里，再用上次的本金进行投资。**这样反复几次，你就能累积一定的经验，能大概看清市场上的一些趋势，在投资上也会越来越有自信了。

如果你已经在投资的过程中累积了经验，也赚了一些使你比较宽裕而暂时又用不到的钱，那么从自己的这些钱里再拿出20%～

30%来直接投资吧。

　　股票也是只买"名牌"的。 由于好奇心和期待感投资了连自己都不太了解的股票而失败，那还不如去选一只价位高的，同事们异口同声说好，而且国外的投资者也乐于购买的股票来投资。

基金是花小钱也能投资
大公司的工具

如果你不想在人生中失败，

那么在投资的游戏里也一定要成功。

如果你还不知道投资基金的成功方法，

那还不如不要去投资。

现在要想找到风险小而获利又高的金融商品越来越难了。在10年前，韩国的银行利息也有超过10%的黄金时期，那时即使你对于理财的事一点也不关心，只要往银行里努力地存钱，钱也会滚滚而来的。

但是现在却完全不一样，物价上涨得很快，利息上涨却跟不上物价上涨的速度，所以现在韩元已经开始贬值了。而且现在大部分银行的利息比物价的上涨率都还要低。

如果在银行里的利息为4.5%，除去税金的15.4%后，净收款项不过只有3.8%，这可比每年至少4%的物价上涨率要低得多。现在买10袋泡面的钱，再过几年以后，就只能买9袋或者8袋了。也就是说，实际上我们现在的生活正处于低利息时代，**如果你还只是以定期储蓄和投资低风险的金融商品来作为理财手段，是不可能会成为有钱人的。**

＊ 学习投资，千万不要怕麻烦

全新登场的投资理财手段就是投资基金。**基金这种金融商品，是将不同人的钱放在一起让专家们代为投资，再将投资得到的利益分还给投资者。**以我自己的钱，10万韩元（约人民币700元）是买不到一张三星电子的股票的，但是如果再找5名跟我情况一样的人，就可以共同购买一张了。所以，当三星电子的股价上升了，收入的全部金额就会平均分给大家。也就是说，除去给基金运作者的手续费，剩余的部分是由6个人来平分。以同样的方法来投资，投资对象也可以是债券等。

投资债券和股票之类的东西，对于年轻女人来说，可能多少有点困难，而且还有些生疏。但是现在投资基金就像是在超市里购买商品一样，或者说是跟去银行的柜台交易一样，已经渐渐变得日常化了。不要因为害怕和怕麻烦就开始逃避，要从最基本的开始学习。**如果投资的金额不超过总资产的30%，就可以将投资的风险降到最低，这样就能够有效地进行理财。**

谨慎小心而又想要投资基金的女人，好不容易鼓起了勇气想要上网去学习一下。但是一看到有那么多的某某型基金、某某基金3号、某某投资基金之类的生僻名词，就不知道该从哪里开始了。"报酬高的就一定好吗？辛苦赚来的钱，不会一下子就全亏损完了吧？这个在网上就可以进行投资了吗？"为了解决头脑里的那么多问号，那就先从基金的基础开始学习吧！

* 基金的5种类型

你存入基金的钱，随着投资标的的不同，收益也会有所不同。这是因为投资标的的收益及其规模的变化决定着本金的盈亏程度。

也就是说，报酬较低，本金亏损可能性较小的基金是有的，当然也有报酬高的基金商品，还有本金损失较大的基金。所以，随着自己投资方向的改变，有时可能为了获得更大的报酬而去投资风险较大的基金，有时也会为了安全去投资风险不大的基金。所以，**要根据自己的目标来选择一个适合自己的基金来进行投资。**

类型1：债券型基金

　　债券型基金的60%以上都用来投资国民债券、公债、公司债券及债券相关的衍生性商品。债券是根据利息和买卖差价这种安全的方式来得到收益，是以超过普通定期储蓄的收益为目标。

　　如果债券的利息上升，基金的基本价格就会下降。相反，债券的利息下降的话，基本价格就会上升。债券利息上升表示债券价值下降，反之亦然。此外，加入基金的债券信用度下降了，债券的价值也会下降的，利息也随之上升，基金的基本价格也就跟着下降。

　　债券型基金在利息下降时会增值，收益才能最多。而最重要的是投资信用安全度，BBB等级以上的债券总是能得到更多收益的。

类型2：股票型基金

　　股票型基金的60%以上都用来投资股票以及股票衍生性商品，高风险换来了高收益。一般来说，股票的上涨和下跌幅度大，风险也大。

　　投资股票是把未来的收益反映到现在，比起现在的情况，对远期市场竞争的了解是更加必要的。未来产业会变化到什么程度，这都是难以预料的，投资也不是那么简单就可以得到经验的。

不管在过去有什么大成就，或者是这公司前景有多么好，在商场上是很难预料到将来会发生什么事的，所以把努力存的钱全部投资在股票上是很不明智的。有一位应用基金专家分析过，**比起自己直接投资，股票型基金的收益的确比较好，但危险还是难免的。所以在不超过多余资金的30%范围内投资吧！**

在股票投资收益好的基金上等2~3个月，还不如期待1年以上，甚至2~3年，长期投资才能得到更高的收益。投资基金正应了"直到蛋变成鸡的时候，才能得到下一个蛋"的这句老话。

类型3：混合型基金

混合型基金的60%以上用来任意投资股票和债券，通过股票和债券的有效分配，就能同时追求高收益和安全性。

从来没有投资经验，又因为不满足于债券的收入，而把一部分资金用来投资股票的初级投资者；还有那些因为投资金额不足而不能分开投资股票和债券的人，都可以投资此类型基金来累积资金。

类型4：ELS基金

股权联结组合式商品在银行里称作ELD（Equity Linked Deposit），在证券公司里称作ELS（Equity Linked Securities）。**ELS基金是**

把一部分资产投资股权联结组合式商品（ELS），以这些商品股票价格的波动来追求收益；把剩下部分的资产投资到债券等其他地方。

假设投资资金是100万，利息是5%，把其中95万元投资到债券收到5%利息时，本金100万元就能得到保障了，把余下的5万投资股票，或者是石油、黄金之类的股权联结组合式商品，甚至可以投资到实物资产而得到其他的收益。此时就算5万元赔光了也不会有任何的损失，本金100万还在呀！

ELS 基金的债券全部是以公债为主，所以相对而言风险是最低的。想投资股票或是股票型基金，但又害怕或已经有过损失的人建议购买ELS基金。

类型5：海外投资基金

在基金商品中有"印度""美国"等其他国家名称的基金，就是海外投资基金了。将自己的钱投资到印度等其他国家的企业，当那个国家的企业成长了之后得到收益，这就是海外投资基金的原理。

在韩国，想要追求和从前一样的经济增长率或是高利息是很困难的事，况且韩国的汇率涨跌情况也不太稳定，此时海外的市场相对而言更为安定，所以投资海外基金是可行的。

在韩国经济一直停滞时，也是印度、美国等海外国家努力发展的时候。**随着对投资风险的分散，美元资产（外币资产）保值等原因，投资中的一部分可以以世界市场为对象来分散投资。海外投资基金看来也是不错的选择哦！**

海外投资基金排行榜

排名	基金名称	投资类型	基金规模（百万）	1年收益率
1	富达马来西亚基金	马来西亚股票	298 （美元）	59.15%
2	富达中国焦点基金	中国股票	5.486 （美元）	49.95%
3	富达新加坡基金	新加坡股票	179 （美元）	47.18%
4	宝源香港股票基金A	香港股票	1.374 （港币）	44.75%
5	HSBC汇丰环球投资基金AD	中国股票	3.216 （美元）	44.12%
6	宝源大中华基金A	中国股票	587 （美元）	42.75%
7	美林世界矿业基金A2	贵重金属类股票	6.392 （美元）	40.41%
8	富达星马泰基金	远东新兴市场股票	596 （美元）	39.92%
9	富兰克林坦伯顿拉丁美洲基金A2	南美洲新兴市场股票	489 （美元）	38.47%
10	保德信全球不动产证券基金	全球浮动性股票	236 （美元）	32.92%

注：资料来源为http://www.funddoctor.co.kr，"TOP海外基金"，2007年3月。

＊ 了解投资原理再进场

正在看本书的读者，可能有过投资的经验，但大部分的人可能连投资的概念都不太清楚。股票和债券的原理在前面已经说明了，但对于入门级投资者来说，向他们说明投资金融商品有风险，的确是一件很苦恼的事。

购入绩优股票或者是股票型基金时，股价一旦下降，入门级投资者就开始害怕了。如果再继续下降一点，抱着想要多保住一点本金的想法而想要中途放弃的人是很多的。"再也不玩股票了"的话没说几天，等股价恢复后，入门级投资者看到自己卖掉的股票或者是基金的价格上升到本金以上，就会立刻开始后悔。以上的原因就在于不了解投资原理。

投资跟储蓄的特点是完全不一样的，高风险、高收益，低风险、低收益。股票的风险的确高，但收益也很可观啊。

先了解一定的知识，累积一定的经验，弄清楚自己投资的方向，**在有了投资目的及做好理财的计划后再投资，才能成功。**对于没有投资经验的人来说，常常对基金抱有很高的期待，但同时对危险又过度地担心。

抱着很高的期望，把6个月后的租金和生活费等资金全部都拿来投资，像这种时间短但要求又高的做法，不叫做投资而是赌博。把6个月的资金全部拿出来投资，6个月后因为股价下降造成本金损失或者资金被套住，那时才会发现自己吃了大亏。

＊ 依资金多寡选择合适的基金

选择投资项目是没有标准答案的。资金多，想要追求高收入，可以投资股票型基金；若是没有太多资金，申购一个安全的基金，是一个明智的选择。**一定要保持一个原则——投资是绝对不能损失本金的**，但如果是本金保存的债券型基金或是很好的ELS基金，就可以听取专家的分析来投资。

如果不想投资失败，那么只能想办法在这个脑力游戏中取胜。若是不知道基金投资里的取胜方法，那还不如从一开始就不玩投资，还是老老实实地回去储蓄吧，因为最初的理财就是从存钱开始的。

按照正确的原理投资，
赚钱其实很简单

投资基金，最终的结果不一定都是好的，

但只要了解正确的投资方法，

就会发现，

在你的身边有各种各样的投资机会。

像三星电子那样有很高价值的股票，或者是交易单位很大的债券，这些往往是小资本投资人没有能力承受的，他们常常会在想要直接投资的时候，却发现资金不够，而且还不能分期投资。

投资基金其实就是从小额存款渐渐变成一大笔资金的方法，比起你个人进行直接投资，基金的投资对象更多样化，且能够有效减少投资的风险。**其实基金就是让你拿着小钱也能像拿着大钱一样去投资的一种理财手段。**

只有拿着一大笔钱才可以投资基金，有很多人是这样想的，但实际上，只拿10万韩元（约人民币700元）也能购买基金而且还能追加投资，也就是说还可以继续买入同样的基金。**基金是只需一次投资就能看到结果，长短期均可，并允许多次追加投资的商品，像储蓄能将钱变多一样，基金也能哦！**

基金实际缴税的金额是很低的。通过储蓄产生的利息为10%，通过股票型基金产生的利息也为10%，虽然都是10%，但是在缴税方面是大不一样的，储蓄是要拿出全部收益的15.4%来缴税，但基金在买卖交易时，是不需要缴税的。

* 买基金就是请专家帮你理财

为什么美国的股市一直停留在原地？为什么世界各国的股票有的上升、有的下降？为什么别的国家的股市对韩国的股市也有影响？为什么利息提高对股市不好……这些问题，只是看新闻报刊和上网查询，还是无法全部解决的。

虽然想要投资赚钱，可是却没有充足的时间去了解市场，又不像有钱人有那么多的钱。所以你获得的情报比那些除了吃饭睡觉以外就只会分析金融信息的专家们少，是理所当然的。不论你是自己学习还是通过各种调查，又或者是在适当的时候进行计划，在风险较大的时候卖出商品，这些事是不可能全部都做得很好的。虽然会认为自己很没有用，但也不可能拿自己本来就不多的月薪去请一位费用高昂的理财专家来帮自己解决这些问题的。

其实你可以花很少的费用来聘请经验丰富和知识渊博的投资专家，这会更有效，那就是投资基金，这样就会有专门的投资理财师来帮你管理和投资你的基金。与其去看那些会让人头疼的金融书籍，还不如去购买一些口碑较好的基金。

投资市场千变万化，以个人的力量来进行投资，真的需要搜集很多情报，你也许认为自己能够独立获得这些情报，但是如果能通过专家搜集到更多的情报及资讯，那么效果应该会更好。

投资基金也不一定能获得好的报酬，也有许多亏损本金的情况发生，或是在投资期间没有达到自己预期收益的情况。但是只**要知道正确投资基金的方法，就会发现在你的身边有各种各样的投资机会。**

根据市场的变化，
调整自己的投资计划

把利益想成是损失，把损失想成是利益，

这样的换位思考，

正是投资理财里铁一般的原则。

虽然购买基金很重要，但重点是以后到底能赚多少钱。假如把过去存的钱拿去购买基金，在过了1个月以后，反而还亏损的话，那不是郁闷死了。"早知道就拿去定存了""为了防止更多的损失，是现在就把手里的基金卖掉，还是再等一等看会不会有起色呢?"你可能会为了这些事而苦恼不已。

就算现在的报酬跟预期的一样，你还是会担心"赚了这一点，是卖掉好呢，还是再放一段时间看能不能再赚多一点? 如果现在把账户里的钱投放到基金里，那也能像这次一样赚到钱吗?"

* 基金收益有起有落是正常的

　　基金收益每天都会有变动，因而基金的总额也在变。你在查询基金价值的时候，可能会出现你意想不到的价钱。相反的，也有亏损的时候，这时如果因为心急就把基金卖掉，我能确定，你在卖掉的瞬间就会亏损，当然，万一这只基金还有获利的机会你也永远得不到了。

　　你一定要知道，这些情况只是基金一时的状况而已。**基金的投资比起银行的储蓄，能获得更高的报酬，而且每天都可以看到它的变化，价格上升或是下降时，你都有追加投资的机会。要投资就得有耐心，所以像那种等待1～2个月就想获得报酬的，请再多等等吧！**

　　在投资基金的时候，因为暂时的变动有可能会造成亏损或者会得到更大的报酬。如果是普通人，要是一有什么损失，肯定会很急切地想把本金找回来，或是还想赚回一点，这就又产生了投资的冲动。有很多正确的投资方向，往往都是与内心所想相反的，如果和自己所希望的投资方向相反的话，成功概率会更高。也就是说，在投资金额下降以及本金亏损的期间，要以长远的观点来投资。

　　如果你得到的报酬比自己预计的目标还要高，那就一定不要贪

心，赶紧赎回。不要再随着基金每一天的变动而悲喜交加，长期的投资也许对于你会更好，**不要去管那一会下降一会上涨的反复变动，你应该从容不迫地等待着你的目标达成，等着赚大钱。**因为在价格反复变动的情况下，才是决定买或卖的最好时机。

* 基金是个需要管理的金融商品

■ 基金管理的方法

虽然长时间投资基金是不错的选择，但也不能盲目地等待机会来临。**万一你投资的基金，运作状况有些不太好，那就要考虑一下要不要将你的基金脱手。尤其是那些一直下跌的基金，比起一直等待，将它们卖掉才会是更明智的选择。**

如果基金没有达到预期的获利，虽然会损失一点本金，而这又是自己能承担得起的，也应该没有什么问题，所以找一个报酬高的基金是非常重要的。赶快持续关注自己所投资的基金吧。

基金是不太可能昨天排名第一而今天也会排第一的。去年排名第一的基金，现在都快下降到100名了，如果你长期上网，那就能很快了解到最新的行情。一定要清醒地认识到，你所投资的基金，虽然现在排名第10，但过了一段时间以后，会跌落到100名也说不定。

基金商品不是银行的储蓄商品而是货真价实的投资商品。投资时，要能守住自己的信念，放开投资的缰绳不要担心，要一直慎重地观察，**不要把资金全部投资到性质差不多的基金上，而要找一些比较好的但类型不同的基金进行分散投资，才能规避风险。**

■ 债券型基金的管理方法

债券型基金是跟利息完全相反的两个商品。**利息上升的时候，债券的价格就会下降，所以债券的收益可能很少会亏损到本金。** 就算出现了亏损本金这类的情况，也只是市场暂时性的状况，所以如果你有耐心就不要恐慌，相对于大多数的金融商品而言，在利息反复变动的周期过去之后，基金的状态又会重新恢复平稳。

如果所购买的基金亏损程度已经非常严重，你应该从正反两个角度来想，比如这可能是一个赚大钱的机会。要明白最糟的情况有可能就是最好的机会。如果真的事态变得非常严重了，那就不要再犹豫，赶紧将手里的基金卖掉，再转为投资别的金融商品。

＊ 股票市场下跌时的应对要领

假设这里有E和F两个人，正在准备夏天要开张的白菜店。E因为有足够的资金，于是买了一个大型冰箱。为了整个夏天的营运，E买了大约1 800韩元（约人民币12.6元）一颗，总共价值100万韩元（约人民币7 000元）的白菜。F考虑到夏天的阴雨及干旱是无法预测到的，觉得一下子要投资这么大一笔钱，要是最后卖不掉而被套牢那多不划算呢，所以就计划每月拿出20万韩元（约人民币1 400元），5个月总计100万韩元（约人民币7 000元）来买白菜。

7月，由于阴雨的关系，F就只好以1 900韩元（约人民币13.3元）的高价来买白菜，并且买少一些；6月天气很晴朗，所以白菜的单价下降至1 350韩元（约人民币9.45元）的低价，就能够买很多。最

定期、分期购买白菜的好处

购买时间	单价	每月20万元购买5个月的情况	一次购买100万元的情况
3月	1 800	111 颗	556 颗
4月	1 200	167 颗	—
5月	1 850	108 颗	—
6月	1 350	148 颗	—
7月	1 900	105 颗	—
合计	—	639 颗	556 颗

注：单位为韩元，1韩元约等于人民币0.007元。

后计算一下，E总共买了556颗，而F分期购买了639颗。后来，2个人都以2 000韩元（约人民币14元）以上的卖价卖掉白菜，算下来当然是分期购买的F获得的利润更高。这就是基金的投资原理所在。

从韩国的综合股价指数曲线图就能看出，指数曾经在500～1 000点的地方维持了乏味的15年，但最近几年的指数都超过了1 400点。如果早知如此，那就应该在500点的时候多买一点，而在1 000点的时候少买一点或是用长时间分期来购买，要是你在超过1 400点时再来投资，报酬就少得多了。

数年前基金开始流行，并且得到高人气就是这个原因。不管股票是便宜还是贵，就算是只有少量资金，**经过努力投资基金之后，也还是能够赚到钱，得到应有的报酬。经过准确地投资，价值上涨之后再卖出，比起只是将钱放在银行存着，能更快就得到更多收益。**

相反的，一下子就用这么大一笔钱去投资，是非常危险的。因股票价格上涨而赚到了一大笔钱，这是很幸运的，可是股价一下跌就会立刻损失很多钱。因为本金损失而觉得不划算，就会说出"要是晚一点购买就好了"这一类后悔的话，而更多的是，最终忍不住把那些正处于亏损状态的股票全部卖掉。

还有的人，其实并没有多少投资经验，只是天真地打算在股票价格上涨之前就以低价购进，等到上涨之后再以高价卖出，但是有

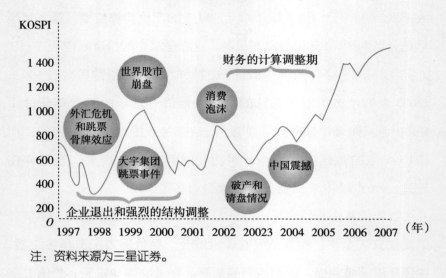

韩国股市行情变动

注：资料来源为三星证券。

这种想法的人，大都在最后关头错失了良机。**如果你对经济不是很关心，在买卖计划里要把握住准确的时间的确是比较困难的。因此，随着时间的流逝，用积蓄来做长期投资是最好的投资方法。**

＊ 正确对待基金的收益

如果现在购买的基金，本金已经亏损了，要想知道其中原因，先看一看下面的几点要求，你做到了吗？

第一，除了关心自己所购买基金的收益，也要看一下其他基金的收益。但是万一所投资的基金相较于市场平均而言亏损得更多，那么有可能是在基金运作上出了问题。最好在本金损失更大之前，就将那些基金卖掉，然后再转换到条件较好的基金，这才是明智的选择。

第二，了解一下基金收益和绩效指标（Benchmark）吧！绩效指标是基金公司运作基金时，用来评估基金表现的一项指标。

基金该保留或卖掉要衡量的因素

项目	保留	卖掉
股票型基金	● 基金的运作哲学，变成长期投资和价值投资 ● 长期绩效表现良好 ● 综合股价指数低	● 基金规模急速缩小时 ● 运用情报了解到特殊情况 ● 在近期需要用到资金
债券型基金	● 预计利息将下调 ● 基金和债券的期满时间差不多	● 短期利息急速下降，债券即将期满 ● 预计利息会上升，在近期还要用钱去进行其他投资 ● 基金规模未到100亿韩元（约人民币7 000万元）

投资基金的收益增加了，如果想要多赚点，就可能会有"是不是要再买一些基金"的冲动。**但是我们应该把利益想成损失，把损失想成利益，有这样的逆向思考，我们才能在长期的投资里成长。**这正是投资的不二法则。

要是没有子弹，
就不要随便射击

慢慢地了解金融方面的知识和技术技巧，

这才是比赚钱还要重要的，

对自己的未来也会有基本的保障。

从几年前开始，由于不动产价格及股票的突然暴涨，一套100平方米的房子要卖10亿韩元（约人民币700万元），综合股价指数已超过了史上最高的1 500点……这些看起来和我们一点关系都没有的事情，天天都在新闻播出或是刊载在报刊上。花边新闻也是一样，某某人因为炒股票而使自己的资产提高了2倍，又或是某某人在3年前买的房地产已经暴涨了3亿韩元（约人民币210万元）。

听到了这些新闻之后，不知道怎么回事，就觉得自己跟现实世界相距很远，而且很伤心，会觉得自己连一次大钱也没有赚到过，觉得自己很没用、令人失望，或是经常自己跟自己唠叨："我的月薪别说是储蓄，就连吃住都有问题……"

但是，如果急躁得在还没有搞清楚存钱和投资概念的时候，就将自己仅有的一点点钱投资到某些金融商品上的话，是很有可能会吃大亏的。如果没有百分之百的可信情报，只是依着自己的感觉投资，是很可能会变得非常辛苦的。

*　贪心和无知往往是投资失败的根源

投资失败的根源就是贪心和无知。 贪心是怎么引起具体问题的，我们来察看一下投资股票的案例吧。

假设你的股票很幸运地上涨了几千点。你的投资得到了本金15%的利润时，立刻将股票卖掉，转而去买基金，像这样容易满足，没有迷恋，说卖就卖才是明智的选择。

但是如果你开始贪心了，想要再多赚一点，只会有两种情况出现，一是有可能会很幸运地继续上涨，但持续的时间不长；一是也有可能会突然下跌。因为我们都无法预测将来会发生的事，所以还是得按照自己的原则来做事。

什么都不知道就到处横冲直撞，这是一个完全没有经过大脑思考的做法。只是因为想要投资股票，所以没有搞清楚那家公司的具体情况，甚至连那家公司是做什么的都不知道；或只是因为那只股票从几天前就开始快速上涨，就购买了那家公司的股票，万一有一天，那家公司倒闭了怎么办？世界上没有比未知更可怕的事了。

要想在投资上获得成功，其实也不是特别困难。如果资金充足，经济知识又很渊博，再加上运气好被上天眷顾，你可能会得到很高的报酬。可是很多事都是说得容易，但世界上的事，是不可能完全按照我们的设想发展的。

想要幸运之神眷顾你，那么现在首先要做的事情，就是"搜集情报"。虽然现在的财产不是很多，但对于一切都有可能的二十几岁年轻女人来说，比投资更重要的事，是累积合理花钱的经验，一点一滴地累积资产，着力于使自己的经济知识渊博起来。

＊ 吸收金融知识和技巧比赚钱还重要

对于二三十岁，为了未来而努力学习的女人；中了丘比特之箭而结婚的女人；为了单身而努力累积经验的女人；又或是为了买房子而希望经济独立的女人，随着优待税及免税的充分利用，找一个就算只高了1%利息的金融商品，然后进行安全的、长期以及短期的、有计划性的存钱，是十分重要的。

到现在为止我一直在强调，存钱就只是积攒"小钱"。就像小鸡长大了就能下蛋的价值一样。如果对小钱很关心，也能给足营养，那么它就会慢慢地成长为一只会下黄金蛋的金鸡了。但如果还没等到小鸡长大，就把它抓来吃了，那最后就只能重新买鸡，重新饲养了。

存钱也是一样的道理。辛苦赚来的钱不能轻易就以乱七八糟的理由花掉。**只要努力地赚钱并储蓄，小钱也能变大钱，从而能投资更多的金融商品，赚更多的钱。只要运作平稳，就有可能得到金蛋一般的报酬。**在把小钱用来储蓄的期间，应该对"我也能存钱"有着自信，慢慢了解金融方面的知识和技术技巧，这才是比赚钱还重要的，对自己的未来也会有基本的保障。

30 岁前，一定要去欧洲一趟

2 年前去蜜月旅行的时候，去了斐济和悉尼。斐济是南太平洋的一个小岛，相当于韩国1960年的发展状况，完全还是未开发的样子，但非常清净，的确是很棒的度假地，而悉尼则是新婚夫妇们最想去的观光胜地。

在斐济的2天和在悉尼的3天里，发生了至今回想起来都很让人生气的事情。我们是几对新人一起去度蜜月的，其中的某些人在面对只会说几句英语的斐济人时，就觉得自己很了不起，很有优越感，极度看不起别人。

可是，当我们到了比自己生活条件更好的悉尼时，在斐济极度骄傲的他们，却一下子变得像矮人一般，抬不起头来。看到他们这种态度后，就不难了解人类"欺软怕恶"的丑恶和矮小的一面。

从花费巨款的蜜月回来后，第一个感想就是"年轻的时候不能再去度假旅行了"。如果对东南亚的文化瑰宝不太感兴趣，只是觉得去济州岛还不如去价格比较便宜的东南亚，那我觉得还不如不去，把那些钱存起来，等到以后去欧洲或是美国才是更好的选择。

年轻的时候就应该到已开发国家去增长一下见识，至于疗养地或是其他地方的旅游，还是等到老了以后再去吧，现在是要为了以后而努力生活！

欧洲旅行确实要花很多钱才能成行，但是我还是觉得在30岁之前，一定要好好去一次。那里很多建筑虽然是1 000年前设计的，可放到现在来说还是依旧动人。既有雄伟又豪华的教堂，也有世界著名的科学家和哲学家的出生地，还有名牌大学……当你一个个地方游览之后，就会知道，我们的人生之路还很长。

Part 5

20 岁起女人一定要执行的理财计划

只是单纯地吸收知识并不能变成有钱人。先做一个根据自己情况而制订的财务计划表，然后去实践吧！将计划付诸行动是对自己的一个挑战。在这世界上，最痛苦的事情就是挑战自己。你要学习知识？那也要先确立一个目标，然后再尽最大的努力去行动。这样你在理财方面以及你的一生，都将是可以成功的。

不要因为利润少而抱怨，
先存下钱再说

没有谁会阻止你去银行的！

就算是利息很低，

但对于刚开始储蓄的人来说，

在这世界上还有哪是比银行还要安全的存钱地方啊！

　　我觉得韩国人最大的特点就是爱炫耀、爱夸大自己。说得直一点，那是人的劣根性；说得好听一点，那就是开朗。如果哪里发生了一件事情，你就能在新闻或是报纸杂志上天天见到，民众们也会非常的关注以及担心这件事情，不过一段时间以后，若是又发生了另一件事情，国民们就会立刻关心起这件事情，而上一件事就像没有发生过一样，被忘得一干二净了。

　　当你下了很大的决心要开始储蓄，去银行咨询的时候，银行的柜台小姐们会微笑着向你推荐基金。"最近出来一个新型基金，您要不要加入试试看，怎么样？"

有些人一听到这类推荐的话，也不管是否了解基金这个理财商品，就盲目购买，且仗着"我也购买了基金"而开始骄傲；还有一种人，在自己购买的金融商品还没有获利的时候，就开始幻想，好像自己就是有钱人了。

有的人在听说朋友要储蓄的时候，自己明明什么也不知道，但还是要装作很了解行情一样："现在谁还去银行储蓄啊？赶快去投资基金吧！我几天前就买了，只是报酬还不是很清楚。"

假设你不明不白的就投资了基金，但突然发生像结婚这一类急着用钱的事情，那该怎么办？股价上涨所带来的报酬的确很丰厚，但若是股价下跌了，而你现在又急需用钱，必须将钱取出来，那么本金是肯定会亏损的，你能去埋怨银行职员没有跟你详细解释吗？

* 为刚踏入社会的新人
所做的理财模拟计划

存钱也是有顺序的。来看看刚大学毕业踏入社会的人，就职第一个月的月薪模拟计划。

刚毕业的职场新人的月薪收支计划项目

项目	收入	支出	内容
月薪	150万	—	将年终奖或节日奖金也一同储蓄起来
请约储蓄（2年以上）	—	10万	缴费的次数及金额越多，通过审核的概率也越高，所以努力地缴费吧
定期储蓄（3年期满）	—	60万	满2 000万元就能享有优待税，以6%的利息存入储蓄银行，3年之后预期收入是2 351万元
基金（3年以上）	—	20万	主力放在投资优秀、有价值的基金，努力地缴费（尽全力地避开没有本金保障的商品）
零用钱和生活开销	—	60万	使用手机也要节省，高价的、对你来说又有负担的东西，可以3个月无息分期付款方式购买

注：单位为韩元，1韩元约等于人民币0.007元。

  3年期满的储蓄要比想象中难得多，但是只要每月努力缴费60万韩元（约人民币4 200元），期满金额就会是2 351万韩元（约人民币16.457万元）。**对于二十几岁的年轻女人来说，金钱可是和生命一样重要的。**虽然这60万韩元（约人民币4 200元）也可以不用来储蓄而是投资到基金上去，可能会获得更高的收入，但另一方面，也意味着有可能让2 160万韩元（约人民币15.12万元）本金损失一部分。

我谨慎地告诫大家，投资的机会以后还有很多，就算是50岁就退休离职回家了，再拿20年来赚钱也是绰绰有余的。在期满后，你还可以用这些钱再来储蓄投资。因此，没有必要把你的血汗钱投资到不太了解的地方，这是要冒很大的风险的。

下面是接着前面的举例，模拟你在定期储蓄3年期满，收到了全部款项之后的情况，来看一下吧！这相当于是考虑4年社会生活之后的新起点。

如果其间没有特别盲目的投资，那么请约储蓄期满后就有251万韩元（约人民币17 570元），定期储蓄期满后有2 351万韩元（约人民币16.457万元），而基金的本金有720万韩元（约人民币5.04万元）。把这些加起来，看一看，踏入社会生活了4年的人，就有超过3 300万韩元（约人民币23.1万元）的资产了。韩国女人们平均花在结婚上的费用是3 000万韩元（约人民币21万元），因此这些钱是绰绰有余的。缴费了2年以上的请约储蓄，还会有申请请约赋金和预金的资格，还有机会能申请到租约公寓。

没有谁会阻止你去银行的！**就算是利息很低，但对于刚开始储蓄的人来说，在这世界上还有哪里是比银行还要安全的存钱地方啊！**

职场人士工作4年后的月薪收支计划

项目	收入	支出	内容
月薪	180 万	—	这期间月薪提升了，虽然不是很多
请约储蓄	251 万	—	2 年期满后耐心等待，可以先安心放着
期满的定期储蓄	2 351万	—	把基金和定期存款分开来进行投资
基金	—	1 000万	检验一下在这期间努力学习经济知识的成绩。以专家们的话来说，购买优良的基金就可赚大钱
定期存款（1年满期）	—	1 351万	在储蓄期满后投资基金的余额，再以6%的利息存入定期存款。1年后，扣掉优待税后，预期收入为1 426万元
3 年前开始投资的基金	到现在为止累积本金为720万	20 万	从3年前就开始一直努力缴费的基金，时间再延长
定期储蓄（1年满期）	—	80 万	到了二十多岁后，该为结婚做准备了，再以6%的利息存入1年期满的存款，期满后扣去优待税后为988万元
零用钱及生活开销	—	80 万	因为现在还是在节省和储蓄的时期，所以节省还是最主要的

注：单位为韩元，1韩元约等于人民币0.007元。

能够坚持定存 3 年的人，
投资成功的概率更大

能在最初的 3 年里坚持下来的人，

投资成功的概率会比别人高出 9 倍，

在人生的长跑中也能笑到最后。

对于刚开始储蓄存钱的人来说，我向你推荐3年定期储蓄的理由有几个。不管你多么有实力，对于二十几岁的人来说，月薪其实都是差不多的。虽然一个月存100万韩元（约人民币7 000元）的确难度很高，更何况还要存3年那么久，这可不像说话一样简单，是很难做到的事呢，但是如果你将这个设为投资理财的第一个目标，并为之努力的话，那你以后的起点就会比别人高出很多！

  100 万韩元（约人民币7 000元）储蓄3年后，本金就是3 600万韩元（约人民币25.2万元）。若以6%为利息，那就有3 953万韩元

（约人民币27.671万元，税前）了。如果觉得存100万韩元（约人民币7 000元）太辛苦，而只储蓄了50万韩元（约人民币3 500元），那么1年之后仅仅就只有619万韩元（约人民币4.333万元，税前），这些钱连结婚的基本准备金都不够，所以我才建议最少也得存3年，保证储蓄的本金及利息至少有1 976万韩元（约人民币13.832万元，税前），拿到了这些钱才有能力去投资。

如果在银行储蓄了6个月或1年，而且办理了3年以上的长期储蓄，那你就可以获得优惠利息。也就是说，同样的储蓄，存入的时间越长利息也就越高。我问过在银行里工作的朋友，他说**真正能储蓄到期满的人，10%都不到**，在刚开始计划好要存钱进去的日子里，也许会缴费几个月，但之后就再没有存入的储蓄账户非常多。10个人里就有9个没有毅力坚持下来，像这样的人进行投资能成功吗？

＊ 就从现在开始，挑战3年的定期储蓄

基金是在价位高的时候少买进一些，价位低的时候多买进一些，这样一等到价格上涨时就能获得高报酬，特性有点类似于股票。对本金没有保障的基金，客户在投资了几个月以后往往就是放

着不管了，但在这段期间过后，剩余下来的钱也许连一半也没有了。有很多人都把这个看得不怎么重要，这样的思想在投资习惯中长期占据着很大的比重，这样的人意志通常很薄弱，因此在实践一个月后，就觉得好像已经不错了，像这样的人，连和自己的约定都不能遵守，是一定无法成大事的。

在不动产买卖中赚了很多钱的人，或者是在股票市场上叱咤风云的人，往往我们都是通过传媒才能有所了解，在实际的生活里，在我们生活的周围，这样的人是很少的。投资不是有钱就可以成功的。**要想成功，一定会经过很艰难的过渡期，而且会有很多次的错误行动。**

3 年期满的储蓄也是一样的道理。有时候想买车，有时候想离开父母独立生活，有时候又想去欧洲旅行开阔一下自己的眼界，增长一下见识。在还没存到钱之前将那些想法全部都丢掉，先在未来3 年的定期储蓄中坚持下来再谈其他。10个人之中只有1个人能完成，想成为有钱人的你就把这很了不起的事作为目标吧！

* 不要跟没有金钱观念的男人结婚

经过3年的努力赚钱，如果一个月存100万韩元（约人民币

7 000元），3年就有3 953万韩元（约人民币27.671万元），而一个月存50万韩元（约人民币3 500元）也有1 976万韩元（约人民币13.832万元）。这对于二十几岁的女人来说是多么大的一笔钱啊！如果你有3 953万韩元（约人民币27.671万元），那就用2 000万韩元（约人民币14万元）来继续进行安全性较高的储蓄业务，而剩下的1 953万韩元（约人民币13.671万元）就可以投资到最近比较看好的国内外股票上。要投资在安全的储蓄或者是有一些风险的基金上，你得依照自己的投资情况来分配投资。

如果都已经坚持了3年，那还会怕一时报酬的下降吗？在3年的坚持期间，**储蓄会使你养成"时间就是金钱"的思维。**再耐心一点，应该会有报酬的，时机的来临是需要好好等待的。

现在的女人们，几乎都要男方符合自己要求的条件之后才肯约出来见面，进而谈婚论嫁。例如，应该要了解一下那个男人的资产情况：工作了几年，这段时间的存款金额是多少，定存有几笔，还有多长时间期满等问题，但事实上女人们常常关心的却都不是这些最重要的问题，而是男方是哪个学校毕业的，在哪里上班，家庭背景怎么样。

针对这点，我在这里要诚恳地嘱咐你们，即使那个男人在非常好的大公司里上班，年薪也很高，但是这几年都没有多余的钱用来储蓄，那就只能跟他谈恋爱，不要结婚。家庭好、学历好又有什么用啊？消费像流水一样的习惯，不了解储蓄的快乐，跟这种男人怎么能过好下半生。

结婚是现实的，人生就跟长跑一样，能在最初的3年里坚持下来的人，投资成功的概率会比别人高出9倍，这样的人，才能在人生的长跑里笑到最后，才能成为优秀的一家之主。

了解定存概念的话，
赚钱会变得很简单

复利是自己创造出来的。

像给予小鸡充分的营养一样，

往投资的商品里不停地注入资金，

小鸡就会茁壮成长，还会下金蛋呢!

爱因斯坦曾说过"人类顶级的发明就是复利"。我们就先了解一下单利和复利的概念吧。

储蓄就会产生利息。单利就是储蓄到期后，又延长了储蓄期限，除开原来的利息，又重新在本金里继续加利息的意思。但是复利是不一样的，它是本金和利息加起来的总金额所再产生的利息，之后利息又重新加入本金产生新的利息。

虽然把1 000万韩元（约人民币7万元）定存10年是无法取出的，但以每年7%的利息来算，10年以后总金额就是本金的2倍，若是10%

试算投入1 000万韩元在复利商品所累积的金额

时间	利率7%	利率10%	利率20%	利率30%
5 年	1 417.6万	1 645.3万	2 695.9万	4 399.7万
10 年	2 009.6万	2 707.0万	7 268.2万	19 358万
15 年	2 848.9万	4 453.9万	19 594万	85 171万
20 年	4 038.7万	7 328.0万	52 827万	374 737万
25 年	5 725.4万	12 056万	142 421万	1 648 768万
30 年	8 116.4万	19 837万	383 963万	7 254 233万
35 年	11 506万	32 638万	1 035 155万	31 917 102万
40 年	16 311万	53 700万	2 790 747万	140 428 542万

注：单位为韩元，1韩元约等于人民币0.007元。

那就是2.7倍，20%的话就是7倍，这不就是将钱放着，等着利滚利的游戏吗？

那么只要是投资有复利的商品，每个人不就都能赚大钱吗？如果你买股票，那它必须每年以7%的涨幅一直涨10年才能达到本金的2倍。如果现在购买价值1亿韩元（约等于人民币70万元）的房地产，预计5年以后要达到原来的7倍市值，那么每年就得有20%以上的涨幅。这和现实比起来，几乎是不可能的，而复利是刚开始的时候微不足道，但时间越长，获得的报酬就越大。

2003 年3月，韩国的综合股票指数超过了500点，在4年之后的

2007 年4月，变成了超过之前3倍的1 500点，2007年12月又来到
1 900点。韩国江南区的房地产也一样，2002年江南区100平方米的
房地产，平均价格是3亿韩元（约人民币210万元），但现在已经涨到
了10亿韩元（约人民币700万元）。

　　如果有时光机器，难道你不会有回到过去投资再回来等着赚钱
的冲动吗？但就算有时光机可以回到过去，也还是有无法投资的
人，原因就在于，他们根本就没有钱去投资。

　　在本书里一直强调存钱是十分重要的，理由就在这里。**比起不
知道的人，知道了存钱很重要还不去储蓄的人更傻。只要去储蓄，就
能在股票或是不动产方面遇到许多能赚钱的机会，就不会因为没有足
够的钱而一直后悔了。**

＊ 复利的奇迹

　　2007 年《福布斯》资产排名世界第二的巴菲特（Warren Buf-
fett），他的资产以美元来算的话是520亿美元，而且还是以每年数亿
的速度持续增加。韩国首富，三星集团总裁李健熙的资产也有29亿
美元，这些都是多么庞大的数字啊！

　　巴菲特在他8岁的时候就开始阅读关于股票市场的书籍，13岁

开始就用卖报纸赚来的25美元买下弹子球游戏机放置在理发店里。当发展到后期，他买下7台游戏机一周的收入提高到了50美元。之后跟朋友一起合资，购买了一辆350美元、1934年出厂的劳斯莱斯汽车，再把车租给别人。刚开始时一天收入就只有35美元，16岁高中快毕业时，却已经存了约6 000美元。开始的时候，他是以年平均20%的投资收益为目标，45年之中就已经创造了年平均30%的投资收益纪录。

以1 000万韩元为本金，每年以30%的利息计算，40年后得到的资金足足有140 428 542万韩元，实际上，以这样的速度而投资成功变成了世界级富翁的人就只有巴菲特。1 000万韩元变成了1兆韩元！真像是在做梦啊！

＊ 小钱也要珍惜哦！

有一个农妇在市场上买了一只小鸡，拿回家里饲养，她每一天都很认真地呵护着小鸡，渐渐地小鸡长大变成了一只母鸡，一天下一个蛋，而这些鸡蛋又孵出了小鸡，而小鸡长大又生了蛋。农妇只养了一只小鸡而已，但是现在，既可以吃到珍贵的鸡蛋，也可以吃鸡来补身体，而且在院子里还有很多活蹦乱跳的鸡。

在她第一次购买小鸡后，饲养过程中肯定有很多的诱惑摆在农妇面前。想将肉质已经变得肥美的小鸡抓来吃的想法，一天就会出现很多次，或是由于家里的状况不好，想把鸡拿出去卖了的可能也很大。但是她耐心地等到了母鸡生蛋的那一天，所以现在才有机会天天吃到鸡蛋或是鸡。

刚开始存钱的时候，就和农妇养小鸡的情况是一样的。**要想投资成功，就得要节省以及存钱，然后再拿这些钱去投资不动产或股票，以获得更大的报酬。**提高收入并且要维持并不是那么简单，但是如果像巴菲特那样，从小就勤奋学习投资的相关方法，并付诸行动，那就很有可能会成功。

要是不跟银行打交道，
我们会活不下去

我们要承认一个事实：

上班族要缴税或是进行与月薪有关的经济活动时，

是不可能不通过银行而进行交易的。

几年前"远离银行"的主张受到了很多人的认同。银行活期储蓄的储蓄利息不到0.3%，所以有很多人都去证券公司办理了现金管理账户CMA（Cash Management Account）。

最近金融机构的财务状况都不是很好，所以除了贷款，还会出售基金或是保险。现在你不用去证券公司也能投资股票、基金等金融商品，不用通过保险公司，直接在银行就可以购买保险或是养老金。所以上班族要缴税或是进行与月薪有关的经济活动时，是不可能不通过银行而进行交易的。

＊ 和银行做好朋友吧！

在银行里享有VIP待遇的顾客，可以享受优惠利息以及减免各种繁复的手续。需要存入一定数目的钱，才能得到VIP级的待遇，但是站在上班族的立场来说，还有另一种方法可以取得VIP待遇。

银行将顾客分类的时候，是以平均余额的标准来评判的，储蓄金额越高，"顾客等级"也就越高。但是由于银行业务种类的多样性，等级分类的标准也慢慢开始变化了，目前是在各种不同的业务往来交易中发一张积分卡，积分越多的顾客，等级也就越高。

要想提高等级，交易活动就得集中在同一个银行的业务上。首先你可以办理一个让银行把月薪及各种税收自动转账的业务。尤其是月薪转账，非常容易累积分数；还有各种手续费的缴纳，也最好是通过银行来交易；购买基金、外币或银行出售的保险，也可以得到很多积分。

如果储蓄余额保持在一定的数额之上，在申请贷款的时候也可以得到优惠利息的好处，还可以免除一定的手续费。多数的企业家都是银行的VIP客户，他们不用交各种手续费，还可以把像黄金一样贵重的物品存放在银行金库中，这可比放在家里安全多了。

是将贷款利息和税金分散在几家金融机构里方便呢？还是全部集中到一家，同时能减免许多的手续费划算呢？自己好好评估吧。

* "长期储蓄购屋账户"的优点

如果你是一名普通的上班族，第一项要投资的金融商品就是"长期储蓄购屋账户"（编者注：目前我国无此金融商品）。长期储蓄购屋账户必须是年满18岁且还没有住宅的人，或是住宅总面积在85平方米以下的屋主才有资格办理，这是一项能同时获得所得税和免税优惠的金融商品。还可以分期付款，从1万韩元（约人民币70元）到300万韩元（约人民币2.1万元）不等自由地缴费。

这项商品最大的好处在于，能够帮你免去一些让人头疼的费用。假如每月要付62.5万韩元（约人民币4 375元），1年下来可免除每年缴交款项的40%，可以得到减免税金的最大限度300万韩元（约人民币2.1万元）。对于上班族来说，一年能免掉300万韩元（约人民币2.1万元），这真是最大的福音。

如果投资这项商品在7年以上，那你还可以获得免税的优惠，这真是非常好的一举两得的理财商品。如果在韩国的某一个金融机构里分期存入300万韩元（约人民币2.1万元）而没有超过限制额度，那么你办理100个这样的存折也是被允许的，且这可不一定只有银行才可以办理哦。

长期储蓄购屋账户，是为那些长期受乱七八糟费用困扰的上班族推荐的。但也有很多人觉得，只是减少了一些费用的支出，或是享受免税的优惠而已，没有必要将一些资金放在那里7年以上而无法取出，还不如在证券公司或是在韩国商标储蓄银行里购买一个高利息而又免税的金融商品。

＊ 在理财中十分有魅力的"年金储蓄"

为了要买房子，减少一些杂费的支出，以及希望享受到免税而办理了长期储蓄购屋账户以后，还有另一种金融商品一定要选择，那就是为了你在老了以后能拥有丰富多彩生活的年金储蓄。

年金类的商品分为银行的年金信托和保险公司的年金商品。保险公司的年金商品又分为年金储蓄、普通年金、直接年金、变更年金，各种各样的年金商品都有自己的特征，所以要根据具体情况来选择有利于自己的商品。

对于上班族来说，可以获得最高300万韩元（约人民币2.1万元）费用减免的养老金储蓄是最适合的。只是，年金储蓄里在开始的时候要交年金税（5.5%），如果在中途放弃而没有继续储蓄，就还要交其他所得税（2.2%）；如果储蓄未满5年就中断存钱，就得另外赔偿缴费金额的2.2%。因此，**初次储蓄的时候一定要好好地了解自己的情况，看看到底适合哪一类，因为有很多中途就放弃而造成了不小损失的例子。**

今年年末的时候，你缴的税金会比以往少吗？我希望你能利用中午吃饭的时间去一趟银行，跟那里的职员打听一下有关年金储蓄的问题吧！

＊ 申请信用贷款的要诀

上班族离不开银行的最大理由是信用贷款。不管再怎么存钱，买房子或买车都免不了要贷款。银行在办理这一类业务的时候，是依据申请贷款的顾客的个人状况而定的，例如你是在哪家公司上班，年薪有多少。

不论那个顾客和银行的业务往来有多么的频繁，**如果银行觉得客户的信誉不是太好，那么贷款给他的金额也不会太多，而且贷款利息也会比较高。**

银行在信用贷款中用得最多的，就是扣除存折上的金额。准备购买住宅，就可以利用不动产抵押承担贷款。对于上班族来说，不可能每个月的支出都一样，家里可能会发生紧急事件，或是在日常生活当中突然出现要花一大笔钱的情况。也就是说，就算你努力地定期存钱，但也有可能在中途出现各种状况，而导致失败。

和这种具有不确定性的支出相比，暂时扣除存折里金额的办法也不是不好，因为扣除的存折是以最低利息来计算的，最适用这种方式的是有固定收入，一眼就可以看出来完全是靠每月薪水来生存的人。

向银行借信用贷款必须知道的几种诀窍：首先是要与银行进行频繁的业务往来，其次要让自己的储蓄维持在一定的额度，这样才能提高自己的等级及信誉度。为了逃避高额的税金，而将自己的实际月薪少报，那他们可能就会限制或减少你的贷款金额，或根本就不受理你的贷款申请。常换工作是不好的，在一家公司里长期上班的人，是可以得到各种额外的优惠机会的。

先在银行办理一个存放月薪的存折，再看一下长期储蓄的实际金额够不够买房子吧。可能你曾听从银行业务员的话，例如投资基金：有暂时性的剩余资金，就可以投资初级金融商品——货币市场基金。如果你所工作的公司是与银行有良好稳健关系且提供有福利保险的机制，那就可以办理一个用来提领应急资金的账户。

上班族月薪活用计划

项目	收入	支出	内容
月薪	200 万	—	灵活运用你经常往来银行的自动理财卡
请约储蓄（2年以上）	—	10 万	缴费的次数和金额越多，申请通过的概率就越高，所以就努力地投资吧
定期储蓄（2年满期）	—	80 万	按年利5%和优待税金来算，2年后到期总额会达到20 134 584元左右。这笔钱可当作初期的资本，也可以在结婚时使用
长期储蓄购屋账户（7年以上）	—	1 万以上，62.5万以下	若想享有每年缴纳金的40%，最高300万元的免税额度，则每月要交62.5万元，但由于是7年以上的长期存款，对二十几岁的女人来说也可能不适合。有节日奖金或季奖金时可积极利用
年金储蓄	—	25 万	年金的免税额度最多为300万元，因此以25万元加入就足够了。如果想交更多年金的话，从25万元以后，加入变额年金或是一般年金就可以了
保障型保险	—	10 万	加入这个，就能守护自己的健康
零花钱及生活费	—	75 万以下	要习惯节省和储蓄

注：单位为韩元，1韩元约等于人民币0.007元。

自由职业者
连银行附近都不要去

自由职业者还是果断地终止和银行的业务往来吧。

证券公司或韩国商标储蓄银行，

才是最适合你们的金融机构。

在我的顾客之中，有一个靠帮别人补课来赚钱的P。他一个月的收入就超过了1 000万韩元（约人民币7万元），这和普通上班族相比，可真是一个吓人的数字，但他在国家的职业界定里，却属于失业人口。他的职业是不用缴税的，因为他并不是拿着企业注册证开办一个补习班，而只是每家每户地上门教学，向学生家长们收取的课外补习费也是以现金的形式给付，所以不需要向国家提交申请，自然而然也就不用缴税了。

那么，P能申请到可以免除一些费用的"长期储蓄购屋账户"

吗？如果跟银行关系不错，那也能够申请到一定金额的贷款吗？答案是，不管他有没有朋友在银行里工作，或是和银行的关系有多么密切，这都是不可能的事情，如果没有公司给的福利保险以及固定收入的证明，想要贷款是不可能的。

* 自由职业者要远离银行

自由职业者的特征在于，自己努力了多少就能有多少保障。如果是这种情况，我劝你果断地跟银行终止交易吧。这时可以考虑的金融机构，是证券公司或韩国商标储蓄银行。

CMA 在证券公司才能买得到，是用顾客的储蓄来进行证券投资并获得报酬的金融商品，这点和银行是不一样的，对普通储蓄的金额和时间完全没有限制，就算是只存一天，也有4%以上的收入。这对于没有固定工作的人来说，是最好的理财商品。

在另一面，第二金融机构之中的韩国商标储蓄银行，虽然有指数降低和安全度下降的风险，可是在利息极低的现在，这还真是一个让人无法抗拒的好东西。因为它的利息，普通顶多比银行少0.5%，绩优的话还要高2%呢。

由于没有银行安全，所以犹豫着要不要在韩国商标储蓄银行投资的人有很多。但这完全是没有必要的担心，就算是韩国商标储蓄银行倒闭了，你也可以按照储蓄保护法的规定，得到每人最高5 000万韩元（约人民币35万元）的保障金，这对于刚开始存钱的人来说也是很好的，但如果资金超过了5 000万韩元（约人民币35万元），就可以找2家韩国商标储蓄银行，这样就变得很简单了。

还有，查看韩国商标储蓄银行的中央会的网站（http://www.fsd.or.kr)，你就能非常清楚地了解到那家机构的经营状况，以及那家银行到底值不值得投资之类的问题。

大部分的银行利息都不是很高，但韩国商标储蓄银行比别家银行的利息总是要高一点。若是建立了一个长期的储蓄计划，那么利用韩国商标储蓄银行是非常明智的选择。

＊ 用年金来为自己的老年生活做长期准备

上班族的国民年金，是从每个月的薪水里自动扣除的。其实在你工作的时候，退休保险或是退休年金都是不错的选择，这些都能为你未来的老年生活做一定程度的准备。但自由职业者就比较艰难了，在年轻时就没有什么保障，更别说国民年金和退休年金的申请机会。

所以，对于自由职业者，我推荐另一种金融商品——养老金储蓄。韩国女人的平均寿命是83岁。仔细观察一下自己吧，虽然现在既年轻又有抱负，但你想过没有，自己目前所做的事情，到底能做到什么时候呢？

从20岁开始赚钱一直到50岁，大概能工作30年，之后你还有30年漫长的老年生活。虽然你有可能会遇到一个家庭背景很好又有能力的另一半，一起过着无忧无虑的日子，但发生这种事的概率毕竟是非常低的。

在5年或10年之后，对于将来的自己及自己的家庭来说，不知道会有什么事情发生。当你变成了奶奶的时候，谁知道又会变成什么样子，生活能否得到保障？所以趁现在正年轻，多赚一点钱，抱有"我的未来我做主"的意识。**就算沉迷于吃喝玩乐，赚的钱不多，但只要拿出月薪的10%就可以为老年做准备了，这是明智的选择。**

年金就是依约定拿出一定的保险经费，之后在约定的日子就能获得一定金额的理财商品。随着物价的上涨，现在感觉钱的价值也特别重要。在20年以前，买豆芽只要花30韩元（约人民币0.21元），可是现在，至少要花上1 000韩元（约人民币7元）才能买到。

经济不稳定，而你又不知道物价的上涨率，那你就要对年金的投

资特别关心。刚开始投入的资金，在当时可能会觉得已经足够，但10年、20年之后，就会因为钱币贬值得太快，而变成了微不足道的小钱。

自由职业者的所得收支计划

项目	收入	支出	内容
月薪	250万	—	投资证券公司的CMA
请约储蓄（2年以上）	—	10万	缴费的次数和金额越多，申请通过的概率就越高，所以就努力地投资吧
定期储蓄（3年期满）	—	100万	在网上查到利息最高的韩国商标储蓄银行，是以6%的利息定期储蓄3年，3年期满扣掉税金后预期金额为3 898万元。自由职业者由于收入不稳定，生活有一定的危机，所以一定要坚持3年，挑战3年期满
养老保险（7年期满）	—	50万	投入10年以上，会有免税的优惠，若是急需用钱，中途也可以支取
保障型保险	—	10万	守护自己的健康
零用钱及生活开销	—	80万	在生活费存储上，充分利用CMA户头

注：单位为韩元，1韩元约等于人民币0.007元。

* 变额万能保险和变额养老金保险

随着物价上涨，能把年金缺点完全克服的商品就是"变额万能保险"和"变额养老金保险"了。这两个商品里都有"变额"两个字。客户在签约时先缴的那一部分的保险金，会被金融公司投资到股票、债券或基金等金融商品上。随着客户每年每月地投入，资金逐渐累积，但保险金或是养老金交纳的金额其实是早就定好的。这一类变额商品，现在在美国保险市场占有率达51%，是最流行、人气高的金融商品。

变额万能保险是将保险、投资和资金的自由出入等优点集中在一起。保险费可以弹性缴交，其间若是情况困难，比如资金周转不灵，你还可以申请暂停缴费一段时间。保险费用可用在投资如股票型、债券型、混合型、MMF型（Money Market Fund,货币型基金）或海外成长型等各种类型的基金。可以根据自己的投资倾向选择合适的基金种类。

若能抓住时机，那就有可能进行有效的投资。**但是它的缺点在于手续费多，以及在缴费中止的时候损失较大这两点。**由于是保险公司推出的金融商品，所以像保险手续费这些钱，当然就只有从顾客的腰包里掏出来了。如果刚开始投资没多久就中途放弃，那可能会发生无法想象的本金损失，所以看准投资时机比什么都重要。

尽可能不要在中途停止缴费。变额万能保险的特点在于：商品到期之前，每月都会供给保障型保险费。也就是说，如果顾客有一段时间申请了中止缴费，那么保险公司就会在已经投资并获利的基金中扣除一部分金额，这时保障型保险费的额度也会减少。当然在这期间若是发生了什么意外，那你能领到的保险金可能会很少，中止的时间越长投资的收益也就越少。

在另一方面，**变额养老保险的缺点就在于没有中止缴费的功能，但比起变额万能保险的终身缴费时间，它的缴费时间就短得多了。**缴费的期限有5年、7年或者10年等种类，时间的长短可依你的需求而定，而且在需要紧急资金的时候还可以中途支取。

变额养老保险需要经过5～10年的长期努力缴费，在领取养老金之前，如果你投资的安全型和成长型的基金都有了报酬，那就可以用这些钱去投资报酬更大的金融商品了。在缴费期结束之后，达到了目标金额，这些资金就会通过分期的方式来归还资本，你就可以过着丰富多彩的老年生活了。

变额万能保险V.S.变额养老金保险

项 目	变额万能保险	变额养老金保险
功能	保险、投资、活期储蓄	养老金储蓄、投资、活期储蓄
基金投入比率	0～100%	0～50%
基金种类	债券型、成长型、海外成长型等，每个公司都不一样	债券型、成长型、海外成长型等，每个公司都不一样
缴费时间	终身（有中止缴费的功能），允许追加缴费金额或中途支取	5年、7年、10年（不能中止缴费），允许追加缴费金额或中途支取
损失本金	发生本金损失	要维持养老金，已缴费的保险费为最低保证
投资目的	结婚资金、子女教育资金、退休资金	退休资金、紧急资金
优惠	10年以上免税	10年以上免税
保险费	5万左右	15万左右

注：单位为韩元，1韩元约等于人民币0.007元。

健康保险是我和家人的保障

我极力推荐年轻的女人
去购买疾病发生时的相关保险。
例如医疗保障保险和 CI 保险，
都是有很大的好处。

你可能并不害怕死亡，但身体不舒服就必须去医院看病，如果查出了癌症或是白血病一类的疾病，那就要面临巨额治疗费以及生活费，一想到这里就会全身发抖。在发病前期还可以用之前努力存下来的钱治病，可是到了最后，面对的往往是像山一样高的债务。

就算病治好了，但可能有许多的问题遗留下来。拖着还很羸弱的身体，再加上累累负债，以后还能过着幸福的生活吗？家人难道不会为了治疗费，而埋怨你没有买保险吗？

最近最热门的保险商品是能保障资产的"终身保险"。终身保险是以死亡保险金为中心，但是当癌症、脑溢血、心脏病等疾病导致的手术、住院这类的问题发生，也是会赔偿给你的。

一家之主突然死亡的话，这个家就会陷入一片没有亲人、没有经济支柱的悲哀与混乱中。这时候，至少可以依靠老公或是爸爸生前投资的终身保险赔偿金生活一段时间了。所以这个商品特别适用于30～40岁的一家之主。

* 一定要买的2种保险

我还要极力推荐给20岁女人一种保险，如果你买了，那么在生病的时候也可以获得赔偿。当然，只要你好好吃饭，好好运动，健康快乐的生活就是最好的保障，但天有不测风云，人有旦夕祸福，生病这种事是谁也预测不了的。

要问我哪个保险比较好，**我会向你推荐"医疗保障保险"及"CI（Critical Illness，重大疾病）保险"两种。医疗保障保险，在任何情况下的意外损伤或是小疾病，都可以得到全额的赔偿；而CI保险，则可以在罹患重病的时候给予你确定的保障。**

万一生病住院了，你的一部分入院费及治疗费会由国民健康保险来赔偿，其余的部分就得要你自己拿钱治疗了，这时，如果你买了医疗保障保险，而且被保险人的全部医疗费用在3 000万韩元（约人民币21万元）以内，那就可以得到全额理赔了。这就是小病也可以轻松处理好的手段。

关于移植手术，或是血液透析等晚期疾病的医疗保险所要缴纳的费用，在国内往往高得像天文数字一样。目前平均寿命日益增高，医疗技术也日益发达，这使得人们的生存概率越来越高。而现实中，我们反而会因为食物的关系而患上重大疾病，如果真的得了大病，那在剩下的日子里，变得十分悲惨的可能性将会很高。

所以CI保险是一定要购买的。在保险公司给予的"重大疾病"的保障里，如果不是合约中写明的重大疾病，而只是小病，就没有赔偿。有很多人都认为自己的身体很健康，没有必要去担心重大的疾病，于是去购买医疗保障保险的人更多。**如果你有绝对的自信，能够确保在得了重病以后靠3 000万韩元（约人民币21万元）就能治好你的病，那么就可以不去买CI保险。但如果为了预防重大疾病，就投资CI保险吧。**

反过来说，如果**你希望以低廉的价格购买保险，而又可以报销实际的治疗费，那就赶快购买医疗保障保险吧。**若是条件允许，可以将医疗保障保险及CI保险一并购买，那么就可以取长补短，使你的健康得到更完善的保障。在严峻的现实世界里，有备无患总是好的。

20 岁起女人要知道 利滚利、钱生钱的道理

对于 "20 岁的女人" 来说月薪是不同的。

CASE BY CASE 让我们假设

几个情况来比较一下吧！

在4 800万人共同生活的韩国，出售的金融商品至少有数千种。而且各种金融商品都有自己的特点，所以总括来说，正在看这本书的你，或是为了在你身边二十几岁的女人而阅读这本书的人，我推荐的适合方法总共有3种。

月薪千差万别，以什么样的状态踏入理财的世界？请在看了下面的例子以后，好好想一想吧。

CASE 1 ： 高中毕业后就进入社会

　　有很多人只拿到了高中毕业证书，她们认为读到高中毕业就算是有了保障，于是就直接去公司上班了。也有人是由于高考落榜，在看到报纸上的招聘广告之后，就决定先找一家公司上了班再说，在她们的内心深处，肯定会比那些上了大学的朋友苦恼许多。

　　如果是因为家里的情况而放弃了上大学，我想要给你们一个忠告，不要忘了自己的梦想。现在还是20岁的初期，所以年薪想要超过1 500万韩元（约人民币10.5万元）是很困难的，这钱虽少但很珍贵，对于你的人生来说是很有价值的。

　　大学新生都是从社会不同的地方聚集而来的，像是学生、工作过一段时间的人、退役军人等。不要说"因为活着很累，所以把学业放弃了"的话。有句话不是这么说吗："神只会降福给努力的人。"**如果你想进一步深造，那么比起理财计划还不如先存够大学的学费吧。**

　　另一方面，**跟学习比起来，也许你在别的地方更有天赋，所以先踏入社会也不一定就是坏事**，比起羡慕在学校走动的朋友，还不如确定好自己未来要走的路。就算你现在只是一个卖衣服的，也得要好好想想自己现在的情况以及未来的日子！

有一次我在一家知名百货公司里购买衣服时，有一位很美丽的女人向我走来，后来我才知道她是一个客服部经理。第一次看她的时候觉得她很神气，但是后来才发现，原来是前来炫耀自己年薪的"小队长"，小队长就是在百货卖场中最重要的人。

不是在华丽的百货公司上班也不用沮丧。在东大门早市里卖衣服的女人们，1年的收入可是比中小企业的老板还要多。不一定只有医生和律师才是专业职务，在自己的领域里做得最好才是专业职务呢！

在中小企业上班，刚20岁出头的A，还有很长的路要走。想要自己投资开一间店，就得先存钱。虽然会说："一个月才100多万韩元（约人民币7 000元）的收入能干什么呢？"但并不是说月薪多所以存的钱也会比较多，即使钱很少，也要节省和储蓄，这是培养理财习惯的开始。

■ 年薪1 500万韩元（约人民币10.5万元）的A的理财计划建议

A一个月的收入，税后在120万韩元（约人民币8 400元）左右。先从这里面拿出50万韩元（约人民币3 500元）来做3年的定期储蓄，记得要找一个利息高的商标储蓄银行。若利率6%，3年后扣掉税金的本利和为19 494 368韩元（约人民币136 460.576元）。

之后，再从月薪里拿出10万韩元（约人民币700元）来做请约储蓄吧！以分期付款加入请约储蓄比较好。

余下的60万韩元（约人民币4 200元），在缴了10万韩元（约人民币700元）左右的交通费和手机费后，还能剩下40万～50万韩元（约人民币2 800～3 500元）。你还得吃饭，还想要喝咖啡，若是还想喝酒，那这些余下的钱就不算是特别充裕了，如果你还想买点衣服和首饰，那就更不可能了，还不如用剩下的钱去报名学一点有用的东西，充实自己。

不要因为零用钱不够而取消储蓄。拖延一两个月没存钱可能就会变成习惯，再过不了多久就会彻底放弃。若确实是有重要的事，实在不够花，那就把存钱金额降低一点吧。

确定了一个目标金额后就要立刻开始储蓄，希望到最后为止你都能对自己的约定负责。现在才是出发点，但如果在这里就摔倒了，那么一生都只会在这里原地踏步。

CASE 2 ：毕业于名牌大学，找到了安定工作

比起男人，女人的业绩如今更加优秀。在职场前进的路上被男人

淘汰的时代已经过去了。像你这样努力地工作，努力地储蓄，到了三十多岁的时候，当你的工作资历达到10年以上，就可以升职当课长了。

如果你当上大企业的课长，那么就能"喔——啊——"地长吸一口气，但其实还是有苦衷。周边的人看到你高升，都会说你是"毒女"（编者注：原文为有酸意和劣等感）。就算烦恼于搬沉重的箱子之类的事，也不要依赖男人，自己搬上去吧。不管你有多么辛苦也不要表现出来，做好自己的本分，机会也会跟着来的，他们在背后也不会说什么了。

看到前景很好的同事就叫她"毒女"，这样的人是因为嫉妒和自卑。在职场前进的过程中不断获得成功，"不是因为毒，而是因为自己努力坚持下来的结果"，为了得到"只是该成功的人成功了而已"的评判，平时也应该要搞好自己的人际关系。

B毕业于名牌大学，拿到了最好的毕业证书，因为成绩优秀又被大公司选中了，我们就用她的情况，来做一个一般的资金计划。

■ 年薪3 000万韩元（约人民币21万元）的B（26岁）的理财计划建议
找到了安定工作的B，在短期内没有必要太着急，只要坚持长期地储蓄就可以了。**就算急着需要用钱，也不要放弃定期的储蓄，**

可以去常交易的银行申请短期贷款，也可以向公司申请职员贷款。因为可以享受优待利息，所以贷款也没有太大的负担，也不用担心自己无法达到目标。

3 000万韩元（约人民币21万元）其实是包含了奖金的，所以B实际领到的月薪大约是200万韩元（约人民币1.4万元）。可先做一个满期2年的定期储蓄，每个月存60万韩元（约人民币4 200元），满足优待税的条件后，期满就能领到15 100 938韩元（约人民币105 706.566元，利率5％）。

把这些钱又重新加入到定期储蓄中，当储蓄金额达到了3 000万韩元以上，你就可以从中拿出1 000万韩元（约人民币7万元）用来投资基金。除此之外，每月定期定额购买基金30万韩元（约人民币2 100元）。

若是没有地契的人，那就申请请约赋金，每个月需要缴费10万韩元（约人民币700元）左右。还可以办理个人养老金储蓄，这需要每月存入25万韩元（约人民币1 750元）。

还要办理两三个长期储蓄购屋账户，这部分用奖金或是月薪提高后的金额缴费就行了。70万韩元（约人民币4 900元）的零用钱可以说很富足，但下定决心要花钱的话，也只是小钱。B的情况，最重要的是培养节省和储蓄的习惯。

CASE 3 ：毕业于地方大学的自由职业者

　　如果想要在自己的专业领域里发展，那么你是不是名牌大学毕业的就不是太重要。不管你是名牌大学还是地方大学毕业，只要获得雇主的认可的话，就没有人会问你是哪个大学毕业的。但是自由职业者的缺点在于，没有稳定的收入和上班的地方。有时一个月赚很少，有时一个月又赚很多……如果没有处理好，那么很可能月薪会比在中小企业上班的女人还要低。

　　理由很简单，因为不能自我调节。**如果你对金钱没有早日树立良好的观念，比起储蓄，更早地形成了不好的消费习惯，**不管你某个月的月薪是多还是少，依然维持固定的消费，每次都想着还有下个月的工资，就打算先购物，养成了这样的习惯，**之后很可能会每月都过着还债的生活。**

　　收入越高的自由职业者越没有储蓄的习惯。定期缴费一两个月之后才会知道储蓄的快乐，所以自由职业者出现变成有钱人的危险幻想的可能性更高。他们或是眼光变得很高，一直等待着白马王子；或者是期待中彩票；有的甚至还整天沉浸在每年都有最高收入的错觉中。**我们一定要养成良好的储蓄习惯以及消费习惯。最重要的**

是，要抱着一颗制订了目标就一定要去实现的心。

在地方大学毕业后，独立生活超过1年的C，是收入少的时候1个月不到150万韩元（约人民币1.05万元），赚得多的时候一个月有300万～400万韩元（约人民币2.1万~2.8万元）的自由职业者。

■ 收入不稳定的C（29岁）的理财计划建议

按照C的情况来看，她的月收入并没有固定在150万～300万韩元（约人民币1.05万~2.1万元）这样的范围之内，那么去证券公司办理一个CMA的账户比较有利于她的理财计划。而定期存50万韩元（约人民币3 500元），年利4%，坚持3年以上，期满就可以有1 897万韩元（约人民币132 790元）的储蓄。像这样，因为收入不稳定，中途放弃储蓄的可能性很高。因此，拿出毅力来，努力到储蓄期满吧！

在收入高的日子里，可以用余额做一个30万韩元（约人民币2 100元）的储蓄，把30万韩元（约人民币2 100元）投资到基金里也不错。在收入高的日子里不要忘了把钱存起来，了解存钱的快乐吧！

请约储蓄是一定要在规定的期限里，按照10万韩元（约人民币700元）的规定金额来缴费的。另一方面，要制订零用钱的计划，不要超过预算。要期待收入高的日子，**如果零花钱花得过多，那么一生都不会知道满期储蓄的快感。**

结婚时买东西要精挑细选

　　大多数的女人只关心和自己结婚的男人能买多大的房子。假设他为你准备了一套既干净又漂亮的房子。那么，从现在开始要管理好这个家的人是谁？正是你，你有信心吗？

　　当年我结婚也没有做什么特别准备，可是花的钱却不少。高价的电器、厨房用品和装饰品……因为大家都已经老大不小了才结婚的，之前对于结婚就听得很多，看得也很多了，所以没有太大的失误，不像那些以前结婚的朋友，有好多的抱怨以及后悔。

　　他们都没有去了解一下市场，只是听了婚礼专家的话，或是按照父母的喜好买了一些东西，可是结了婚之后才发现，那些都不是自己喜欢的。花了那么多钱，到现在却希望全部换掉。

　　韩国人很多都抱着"别人做了，我也要做"的想法，但别人是不可能代替你生活的。上次我去一位已经结婚5年的朋友的家里，他们在结婚时购买了价值数千万元的流行物品，但到了现在，只能算是一些完全没有用处的废物。他们说以后搬了新家会再重新买。

这浪费多少钱啊？

　　但如果是国外的家具，那可能经过数百年都还能完美无缺，时间过得越长，价值还能越高。根据自己的具体情况，不要盲目地追求流行，要选品质好的，这样在将来还可以留给你的下一代使用，喜欢名牌不就是因为这个理由吗？快要结婚的女人们，不要再买那些没用的东西来装饰了，买一些能用一辈子且品质好的物品吧，不要浪费，要精挑细选地购物！

分享宝贵心得　绽放智慧光芒

感谢您购买我们的图书，欢迎您参加广西科学技术出版社书友会。

知识改变命运，读书改变生活！在这里，你可以找到送给自己、朋友、家人最宝贵美好的人生礼物。

参加方式

非常简单，填写会员登记表（下一面），邮寄、传真或发 E-mail 给我们即可，会员登记表及图书目录，请登录我社网站查询。

会员权利

● 登记以后，将会收到会员确认信，成为终身会员

● 不定期收到新书简介

● 不定期参加各种书友联谊活动

● 参加图书书评甄选活动，每月优秀作品可选择获赠我社其他热销图书一本（选择书目通过电子邮件发送）

● 直购我社图书，请登录当当网（http://www.dangdang.com），或者卓越网（http://www.amazon.cn），累计到一定金额（300 元以上）时，可将当当网或卓越网的送书凭单邮寄到我社，年底将获赠小礼品

会员义务

● 遵守国家相关法律法规

● 填写的会员资料必须真实有效

＊　直购图书仅限广西科学技术出版社书友会图书目录

＊　广西科学技术出版社书友会活动解释权归广西科学技术出版社北京出版中心所有

广西科学技术出版社书友会联系方式

邮政地址：北京市朝阳区建国路 88 号 SOHO 现代城 1 号楼 2704 室
　　　　　广西科学技术出版社北京出版中心（邮政编码 100022）

网　　址：http://www.gxkjs.com　　　　　　　邮　　箱：gxkjs@yahoo.com.cn

书友会热线：010-85800696　010-85800466（传真）　　联系人：孟辰　蒋伟

广西科学技术出版社书友会
会 员 登 记 表

姓　　名：＿＿＿＿＿＿＿＿＿＿　性　　别：＿＿＿＿＿＿＿＿

年　　龄：＿＿＿＿＿＿＿＿＿

通信地址：＿＿＿＿＿＿＿＿＿＿＿＿＿＿＿＿＿＿＿＿＿

邮　　编：＿＿＿＿＿＿＿＿＿＿＿＿＿＿＿＿＿＿＿＿＿

E - mail：＿＿＿＿＿＿＿＿＿＿＿＿＿＿＿＿＿＿＿＿＿

电　　话：＿＿＿＿＿＿＿＿＿＿＿＿＿＿＿＿＿＿＿＿＿

教育程度：□高中及以下　□大专　□本科　□研究生　□博士及以上

职　　业：□学生　□教师　□公务员　□军人　□金融业　□制造业
　　　　　□IT业　□新闻出版业　□服务业　□贸易业　□其他

● 您购买图书名称（准确书名）

● 您在哪一家书店购买的（请写明具体省市地区名称）

● 您对本书的封面设计有什么意见和建议

● 您对本书的内容有什么意见和建议

● 您是否愿意参加图书书评甄选活动，每月优秀作品可选择获赠我社其他热销图书一本（选择书目通过电子邮件发送）

● 您还希望我们出版哪一方面的图书